性別平等議題多元選讀本

主編　廖之韻
撰文　朱宥勳、朱家安、李筱涵、陳牕、盛浩偉、趙弘毅、廖宏杰、鄭芳婷

主編序

廖之韻

嬰兒來到這世界上聽到的第一句話，通常是「這是女孩」或「這是男孩」；之後，這位嬰兒就以女孩或男孩之名長大。但是，也有些時候，被告知是女孩或男孩的這位嬰兒在成長過程中，漸漸發現哪裡不對勁：為什麼自己跟其他同樣被告知為女孩或男孩的人不一樣？為什麼都是別人來說「你是女孩或男孩，所以應該怎麼樣，又不應該怎麼樣」？為什麼不能做女孩的事也做男孩的事？為什麼不能同時像女孩也像男孩？為什麼不能自己選擇要「做」女孩或男孩？

為什麼要分女孩和男孩？

我們時時刻刻處於性別之下，也有意無意以性別之名來標籤自身與他者，並期望能做出相對應的行為。以性別來進行社會角色分工——無論是母系或父系社會——也許在從前確實能發揮一些效用，但在現代高度文明社會中，相較以往，人們得以由「維持生命」進展到更多、更廣的可能生活模式，也更注重個體發展和意願。於是，從前由性別二分而衍生的規範和限制，也產生了改變，甚至讓人思考，「是否哪裡怪怪的？」

一般常見的性別「不平等」議題，像是女權、性別角色分工、性別氣質、性傾向、跨性別、同性戀（或非異性戀）等等，以及隨之而來的歧視、霸凌、壓迫，與性別刻板印象下的過高或過低期待，讓許多人生活得「卡卡的」，甚至也得不到平等對待。

記得二十多年前修習台大的婦女與性別研究學程時，該學程開天闢地必修的「婦女與性別研究導論」課堂上，有位老師說：「我們做女性主義或修性別研究的課，不是要女性反過來壓迫男性，而是爭取平等。最重要的，是能讓彼此更互相尊重，並且有更多、更自由的（性別表現）選擇。」我想，這大概就是性別平等最基本的概念和期望了。

台灣在二〇〇〇年失去了一位因性別氣質而受欺負的玫瑰少年，二〇〇四年通過「性別平等教育法」，雖然亡羊補牢，但希望對之後的其他玫瑰少年不會為時已晚。但是，「性別平等教育法」施行至今，依然有許多阻力和不少人對性別議題的不理解，實在令人遺憾。

去年起，隨著開始編纂高中國文課本，加上新課綱特別注重性別平等，我們不禁思考除了在課本的選文中多選入女性作家、同志文學等等，還可以做些什麼來幫助人們更意識到性別議題，於是有了這本小書的誕生。感謝每一位參與的撰文者，他們都長期關注與投入在性別議題上面，也為我們帶來各種文體（包含詩、小說、散文、劇本、論述）和時代（古文與現代文）的選文，以及深入淺出的賞析；討論的議題包含女性權益與情慾、身體自主、婚姻、性別刻板印象、跨性別、扮裝、同性戀、性別與政治、性別氣質與校園霸凌等等。

無論自己閱讀或學校教學使用，希望這本性平文選的出版，讓我們從文學開始，關注就在身旁的性別議題，進一步思考「性別」的意義，尊重差異。當然，更希望從出生起就被標籤的女孩或男孩，能更自在的做女孩或男孩，或做女孩也做男孩——我們只是生而為人。

為何殺死「妖孽」？
——《聊齋誌異．俠女》的性別與家庭秩序

文／趙弘毅

蒲松齡《聊齋誌異．俠女》

顧生，金陵人。博於材藝，而家綦貧。又以母老，不忍離膝下，惟日為人書畫，受贄以自給。行年二十有五，伉儷猶虛。對戶舊有空第，適一老嫗及少女，稅居其中，以其家無男子，故未問其誰何。

一日，偶自外入，見女郎自母房中出，年約十八九，秀曼都雅，世罕其匹，見生不甚避，而意凜如也。生入問母。母曰：「是對戶女郎，就吾乞刀尺。適言其家亦只一母。此母女不似貧家產。問其何為不字，則以母老為辭。明日當往拜其母，便風以意；倘所望不奢，兒可代養其老。」明日造其室，其母一聾媼耳。視其室，並無隔宿糧。問所業，則仰女十指。徐以同食之謀試之，媼意似納，而轉商其女；女默然，意殊不然。母乃歸。詳其狀而疑曰：「女子得非嫌吾貧乎？為人不言亦不笑，豔如桃李，而冷如霜雪，奇人也！」母子猜歎而罷。

一日，生坐齋頭，有少年來求畫。姿容甚美，意頗儇佻，詰其所自，以「鄰村」對。嗣後三兩日輒一至。稍稍稔熟，漸以嘲謔；生狎抱之，亦不甚拒，遂私焉。由此往來暱甚。會女郎過，少年目送之，問以為誰，對以「鄰女」。少年曰：「豔麗如此，神情一何可畏！」少間，生入內。母曰：「適女子來乞米，云不舉火者經日矣。此女至孝，貧極可憫，宜少周卹之。」生從母言，負斗粟款門而達母意。女受之，亦不申謝。日嘗至生家，見母作衣履，便代縫紉；出入堂中，操作如婦。生益德之。每獲餽餌，必分給其母，女亦略不置齒頰。母適疽生陰處，宵旦號咷。女時就榻省視，為之洗創敷藥，日三四作。母意甚不自安，而女不厭其穢。母曰：「唉！安得新婦如兒，而奉老身以死也！」言訖悲哽。女慰之曰：「郎子大孝，勝我寡婦孤女什百矣。」母曰：「牀頭蹀躞之役，豈孝子所能為者？且身已向暮，旦夕犯霧露，深以祧續為憂耳。」言間，生入。母泣曰：「虧娘子良多！汝無忘報德。」生伏拜之。女曰：「君敬我母，我弗謝也；君何謝焉？」於是益敬愛之。然其舉止生硬，毫不可干。

一日，女出門，生目注之。女忽回首，嫣然而笑。生喜出意外，趨而從諸其家。挑之，亦不拒，欣然交懽。已，戒生曰：「事可一而不可再！」生不應而歸。明日，又約之。女厲色不顧而去。日頻來，時相遇，並不假以詞色。稍游戲之，則冷語冰人。忽於空處問生：「日來少年誰也？」生告之。女曰：「彼舉止態狀，無禮於妾頻矣。以君之狎暱，故置之。請便寄語：再復爾，是不欲生也已！」少年至，生以告，且曰：「子必慎之，是不可犯！」少年曰：「既不可犯，君何犯之？」生白其無。曰：「如其無，則猥褻之語，何以達君聽哉？」生不能答。少年曰：「亦煩寄語：假惺惺勿作態；不然，我將偏播揚。」生甚怒之，情見於色，少年方去。

一夕獨坐，女忽至，笑曰：「我與君情緣未斷，寧非天數！」

生狂喜而抱於懷，欻聞履聲籍籍，兩人驚起，則少年推扉入矣。生驚問：「子胡為者？」笑曰：「我來觀貞節之人耳。」顧女曰：「今不怪人耶？」女眉豎頰紅，默不一語。急翻上衣，露一革囊，應手而出，則尺許晶瑩匕首也。少年見之，駭而卻走，追出戶外，四顧渺然。女以匕首望空拋擲，戛然有聲，燦若長虹；俄一物墮地作響。生急燭之，則一白狐，身首異處矣。大駭。女曰：「此君之孌童也。我固恕之，奈渠定不欲生何！」收刃入囊。生拽令入。曰：「適以妖物敗意，請俟來宵。」出門逕去。次夕，女果至，遂共綢繆。詰其術，女曰：「此非君所知。宜須慎秘，洩恐不為君福。」又訂以嫁娶，曰：「枕席焉，提汲焉，非婦伊何也？業夫婦矣，何必復言嫁娶乎？」生曰：「將勿憎吾貧耶？」曰：「君固貧，妾富耶？今宵之聚，正以憐君貧耳。」臨別囑曰：「苟且之行，不可以屢。當來，我自來；不當來，相強無益。」後相值，每欲引與私語，女輒走避；然衣綻炊薪，悉為紀理，不啻婦也。

積數月，其母死，生竭力營葬之，女由是獨居。生意其孤寂可亂，踰垣入，隔窗頻呼，迄不應。視其門，則空室扃焉。竊疑女有他約。夜復往，亦如之。遂留佩玉於窗間而去之。越日，相遇於母所。既出，而女尾其後曰：「君疑妾耶？人各有心，不可以告人。今欲使君無疑，而烏可得？然一事煩急為謀。」問之，曰：「妾體孕已八月矣，恐旦晚臨盆。妾身未分明，能為君生之，不能為君育之。可密告老母，覓乳媼，偽為討螟蛉者，勿言妾也。」生諾，以告母。母笑曰：「異哉此女！聘之不可，而顧私於我兒。」喜從其謀以待之。

又月餘，女數日不出，母疑之，往探其門，蕭蕭閉寂。叩良久，女始蓬頭垢面自內出。啟而入之，則復闔之。入其室，則呱呱者在牀上矣，母驚問：「誕幾時矣？」答云：「三日。」捉繃席而視之，男也，且豐頤而廣額，喜曰：「兒已為老身育孫子，伶仃一身，將焉所託？」女曰：「區區隱衷，不敢掬示老母。俟夜無人，可即抱兒去。」母歸與子言，竊共異之。夜往抱子歸。

更數夕，夜將半，女忽款門入，手提革囊，笑曰：「大事已了，請從此別。」急詢其故，曰：「養母之德，刻刻不去於懷，向云『可一而不可再』者，以相報不在牀笫也。為君貧不能婚，將為延一綫之續，本期一索而得，不圖信水復來，遂至破戒而再。今君德既酬，妾志已遂，無憾矣。」問：「囊中何物？」曰：「仇人頭耳。」檢而窺之，鬚髮交而血模糊。駭絕，復致研詰。曰：「向不與君言者，以機事不密，懼有宣洩。今事已成，不妨相告：妾浙人。父官司馬，陷於仇，被籍吾家。妾負老母出，隱姓名，埋頭項，已三年矣。所以不即報者，徒以老母在；母去，一塊肉又累腹中，因而遲之又久。曩夜出非他，道路門戶未稔，恐有訛悮耳。」言已，出門。又囑曰：「所生兒，善視之。君福薄無壽，此兒可光門閭。夜深不得驚老母，我去矣！」方悽然欲詢所之，女一閃如電，瞥爾間遂不復見。生嘆惋木立，若喪魂魄。明日告母，相為嗟異而已。後三年，生果卒。子十八舉進士，猶奉祖母以終老云。

異史氏曰：「人必室有俠女，而後可以畜孌童也。不然，爾愛其艾豭，彼愛爾婁豬矣！」

蒲松齡《聊齋誌異．俠女》翻譯

有個姓顧的書生，金陵人。博學多才，家境卻很貧困，又因為母親年邁，所以不忍離家，只能每天替人寫字作畫，收取酬勞維持生活。顧生二十五歲了，尚未娶妻。他家對面有間空房子，最近剛好一個老太太和一個少女，租了這間屋子居住。因為她們家裡沒有男人，所以沒問她們姓名來歷。有一天，顧生從外面走進家中，偶然看見一個女郎從母親的房裡走出來，年紀約有十八、九歲，清秀苗條，美麗而大方，世上少有匹敵。她見了顧生也不太迴避，但是神態嚴肅。顧生進屋詢問母親，母親說：「她是對門的女郎，找我借裁縫用的刀尺。方才對我說，她家也只有一個老母親。這對母女不像出生於貧苦人家。我問她為什麼還沒許配嫁人，她推託母親年老離不開。明天應該去拜望她的母親，找機會透露求婚的意願；倘若要求不高，兒子你可以替她養活老母。」隔天，顧生的母親就去拜訪她們家，女郎的母親是位耳聾老婦。觀察屋裡擺設，並沒有多餘的糧食，詢問她們以什麼維生，原來靠女郎做些針黹。顧母慢慢提出兩家一起生活的主意，試探一下老婦，老婦的意思似乎願意，轉身和女兒商量，女兒默默不語，態度很不苟同的樣子。顧母只好回家了。她把詳情告訴兒子後，很疑惑地說：「這個女郎是不是嫌我們窮呢？不怎麼說話也不笑，容貌豔似桃李，態度卻冷若冰霜，真是個怪人！」母子倆猜想、歎息一陣，便作罷了。

一天，顧生坐在書房裡，有個少年來請他作畫。這名少年容貌清秀，態度卻頗輕佻。問他從哪裡來的，回答說是從鄰村來的。以後，少年三天兩頭就來一趟。兩人稍微熟悉了，漸漸地開始互相嘲諷戲謔，顧生把他抱在懷裡，他也不太拒絕，於是與他私通，此後往來更為密切。有天女郎恰巧經過，少年直盯著她離開，問是誰家的人。顧生說是鄰家的女郎。少年說：「長相如此豔麗，為何神情如此可怕呢？」過了一會兒，顧生走進家中，母親告訴他：「剛才女郎來討米，說她家已經一天沒有煮飯了。這個女孩子很孝順，窮得令人不忍，我們應該稍微幫助她。」顧生聽從母親的吩咐，背了一斗米，敲了女郎家的房門。他轉達了母親的心意，女郎收下米，也不表示感謝。有時來到顧生家，看見顧母在做衣服、鞋子，她就替顧母縫紉。她在顧生家進進出出，做起事來和媳婦一樣，顧生十分感激她。顧生每次得到別人贈送的糕點，一定分享給她母親，女郎也是從不提起。

顧母陰部恰巧生了惡瘡，疼得日夜哀嚎。女郎時常來到她床邊探視，為她清理瘡口及擦藥，每天三、四次。顧母過意不去，女郎卻不嫌她髒。顧母說：「唉！怎樣才能找到比得上你的媳婦，把我侍奉到死啊！」說完，就傷心哽咽起來。女郎安慰她說：「你兒子很孝順，勝過我家寡母孤女十倍、百倍。」顧母說：「在床前來去的活兒，豈是孝子所能做的？況且老身已屆暮年，早晚要被埋到荒郊野外，我深深為傳宗接代的事擔憂啊。」說話間，顧生進房來。母親流著眼淚說：「我們多虧了娘子，你不要忘了報答她的恩情。」顧生伏身向她拜謝。女郎說：「你敬重我的母親，我沒有感謝你，你為何拜謝我呢？」於是，顧生更加敬愛她，可是她的舉止生硬依舊，絲毫不可侵犯。

一天，女郎出了房門，顧生盯著她瞧。她忽然回過頭來，嫵媚動人地嬌笑。顧生喜出望外，快步追上，跟著進入她家。挑逗她，她也不拒絕，兩人歡快的發生性關係。事後，女郎告誡顧生說：「這種事情只可發生一次，不能再有下次。」顧生沒理會就返家了。第二天，顧生又去約女郎，女郎神色嚴厲，看也不看就走了。日後雖還是常來顧生家，兩人時時碰面，卻再也沒有好臉色。顧生稍微挑逗，她就冷語回應。有次，她忽然在沒人的地方問顧生：

「常來你家的少年是什麼人？」顧生告訴她。她說：「他的舉動和神情，多次對我無禮。因為他和你關係親密，所以我沒有動作。請你轉告他：若再那樣，就是不想活了！」不久後少年來訪，顧生轉告他，並且說：「你必須小心謹慎，她是不可侵犯的。」少年說：「她既然不可侵犯，為何你能侵犯她？」顧生辯解自己沒有。少年說：「如果沒有，這麼私密的話，她怎麼會對你說？」顧生語塞。少年說：「也請你轉告她：不要裝模作樣了，不然的話，我要到處宣傳她的真面目。」顧生很生氣，臉色大變，少年才走了。

一天晚上，顧生獨自坐在書房中，女郎忽然來了，笑著說：「我和你情緣未斷，豈不是老天註定。」顧生高興得發狂，把她摟在懷裡。這時，突然聽到腳步聲，兩人驚慌起身，竟是少年推門進來了。顧生驚訝地問他：「你來幹嘛？」少年笑著說：「我來看看貞潔的女人呀。」又看著女郎說：「現在你不能怪我了吧？」女郎雙眉倒豎，雙頰緋紅。沉默不語的她迅速翻起上衣，露出一個皮囊，順手抽出一把尺來長的晶瑩匕首。少年見了，嚇得轉身就跑。女郎追出門外，四下一看，不見少年蹤影。她把匕首往空中一拋，只聽見「嘎」的一聲，閃現一道彷彿彩虹的耀眼光芒，瞬間，一個東西從空中摔落地面發出聲響。顧生急忙拿燭火一照，竟是一隻白狐狸，身體和腦袋已經分開。顧生大吃一驚，女郎說：「這就是你的孌童，我本來饒他不死，奈何他自己不想活了！」她將匕首收入皮囊。顧生請女郎進房，女郎說：「剛才因這妖物壞了興致，請你等到明天晚上吧。」出門就走了。

隔天晚上，女郎果然來了，於是兩人交歡。顧生問起斬殺狐妖的法術，她說：「這不是你知道的事。你應當謹慎地保密，洩露出去的話，恐怕對你沒有什麼好處。」顧生又提起結婚的事，她說：「我和你同床共枕，替你料理家務，不是妻子，又是什麼呢？我們已經有了夫妻之實，何必還談嫁娶呢？」顧生說：「你是嫌我家窮嗎？」她說：「你確實很窮，但我就富有嗎？今晚的相聚，正是可憐你貧窮呀。」臨別時，女郎又囑咐顧生：「不正當的行為，不可以再三發生。應該來的時候，我就自己來，不應該來，你強求也沒有好處。」以後再遇見她，顧生常想拉她聊聊心底話，她總是快步閃避。但是縫衣補綴、燒火做飯之事，女郎全都替他打理妥貼，如同妻子一般。

幾個月後，女郎的母親去世，顧生盡力協助安葬。女郎從此一個人住。顧生以為女郎孤單寂寞可以趁隙亂來，就翻牆進她家。顧生隔著窗戶頻頻呼叫，屋裡始終沒有回應，看看房門，已經上鎖了，屋裡則是空的。他暗自懷疑女郎跟別人有了約會。晚上再去看看，情況也一樣，顧生便從腰際解下一塊佩玉，留在窗臺上便走了。過了一天，顧生在母親房間裡和女郎相遇，出來以後，她跟在他身後說：「你懷疑我嗎？人人有各自的心事，不可以告訴別人。現在想讓你對我沒有疑心，又怎能辦到呢？但是有一件事要請你趕快想辦法。」顧生問是什麼事情，她說：「我已經懷孕八個月了，恐怕不久就要臨盆。我沒有妻子的名分，能替你生產，但不能替你養育。你可以偷偷告訴老母，找一個奶媽，假裝說是要來的孩子，不要提起我。」顧生答應了，回家告訴了母親。母親笑著說：「這女郎真奇怪！訂親不願意，卻願意替我兒子生孩子。」便高興地聽從她的建議，準備妥當，等候小孩出生。

又過了一個多月，女郎好幾天沒出門。顧母很疑惑，前去她家看望，只見大門緊閉，屋裡寂靜。敲門敲了很久，女郎才蓬頭垢面地從屋裡出來，開了大門，讓顧母進去，又回手把門關上。顧母走進臥室，嬰兒已經在床上哇哇地哭。顧母驚訝地問：「小孩出生幾天了？」女郎回答三天了。顧母抱起襁褓一看，是個男孩，而且臉頰豐滿、額頭寬闊。顧母高興地說：「孩子，你已經替我生了孫子，可是你孤苦伶仃一個人，將來要依靠誰呢？」女郎說：「我心裡有點小小的苦衷，不敢捧出來給您看。等到夜裡無人時，就可以把孩子抱回去。」顧母回家告訴兒子，兩人都感到很奇怪。入夜後就把孩子抱了回來。

又過了幾個晚上，有天接近半夜，女郎忽然敲門走進來，手裡提著一個皮囊，滿面笑容地說：「我已經大功告成，從此永別了。」顧生趕忙問她原因，她說：「你撫養我母親的恩德，時時刻刻不能忘懷。之前我和你發生關係，並不是要用床笫之歡來報答你。因為你窮得不能娶妻，我要為你延續一個後代。本來預期一次就能達成，不料到月事又來，才會打破原則再與你有肌膚之親。現在，你的恩德已報答，我的心願也已完成，沒有遺憾了。」顧生問她皮囊裡裝了什麼，她說：「仇人的頭顱。」顧生打開袋口一看，只見裡面鬍鬚頭髮亂糟糟地糊滿了血，嚇壞了，又問她為何殺人。女郎說：「從前沒有告訴你，是因為事情如果不保密，擔心消息會洩露出去。現在大功已經告成，不妨告訴你。我是浙江人，父親官居司馬，卻被仇人陷害，還牽連我家跟著被抄。我背著老母逃走，隱姓埋名，已經三年了。過去之所以沒有馬上報仇，只因有個老母親要照顧，老母去世後，又有一塊肉在腹中拖累，因而又延遲了很久。前幾天夜裡出去，沒有別的事情，是因為通往仇家的道路、門戶不熟，害怕弄錯。」說完就走出房門，又叮嚀說：「我生的兒子，你要好好照顧他。你的福分淺薄，

賞析

一般人的印象中，《聊齋誌異》大概就是本充滿妖魔鬼怪的小說集。其實，中國古典文學中的「志怪」主題，從不限於妖魔或法術等「超自然」現象，而是以「異常」為標準，此即所謂「怪」。因此，在《聊齋》裡可以看到許多未必花妖狐媚的怪人怪事，例如騙術、悍妒與暴力，例如同性戀。

《聊齋》收有近五百篇小說，涉及同性情慾描寫者共十五篇，其中十二篇為男男關係，女女關係僅佔三篇。〈俠女〉雖以女性為敘事中心，寫到的卻是男男組合。男主角顧生二十五歲尚未成家，與老母相依為命，平日為人寫字、畫畫謀生，簡言之，就是單身又無科舉功名的魯蛇。某天，有個面容姣好的少年來買畫，其後三不五時來找顧生，兩人日漸熟稔，顧生有次摟抱少年作為試探，少年沒有拒絕，「遂私焉，由此往來暱甚」。此處的「私」，即「私通」之意，兩人發展出帶有性行為的同性親密關係。

但我們不能就此認定兩人是同性戀，因為顧生隨後數度與女主角俠女發生性關係，而少年也企圖猥褻俠女。這種「男女通吃」的現象，在《聊齋》的同性書寫中才是大宗，純粹的男、女同性親密關係反而少見。

傳統中國的同性情慾記載，也有這種傾向。文士間的男色風尚，基本上是以不威脅異性婚姻為前提的情慾表現。這些男性多完成異性婚家以及傳宗接代的責任，其同性情慾看來不直接涉及性別認同，而比較接近個人癖好。對男男色相的描寫則大抵遵循異性情慾模式——陰柔與陽剛的氣質組合，較弱勢的一方往往秀氣嫵媚，甚至男身女相。

也就是說，即便文人們擁抱男風，其間也有靈肉合一的可能性，同性情慾在主流價值觀中仍位居次等。誠如李漁《無聲戲．男孟母教合三遷》所言：「或者年長鰥夫，家貧不能婚娶，借此以泄慾火；或者年幼姣童，家貧不能餬口，借此以覓衣食，也還情有可原。」十足的異性戀中心思維。〈俠女〉中的顧生正屬「家貧不能婚娶」者，他對俠女仍懷有強烈的慾望，而蒲松齡安排俠女殺死顧生的同性伴侶，亦洩露了他對男風的看法。

少年實為狐妖所化，俠女殺死少年，人與妖的二元對立結構至為明顯。

俠女之「俠」，除了身懷高超武藝，更因她是正義的一方，透過行動替世界重建秩序——以家庭與性別為中心的傳統倫理。她為父報仇、奉養老母，並在接受顧生資助後，照料顧生老母如侍奉婆婆，是孝道的展現。俠女因貧困而接受顧生資助，遂擔負起顧生的家務工作以為回報，形成近於夫婦的分工關係；在此非典型的家庭形態中，俠女似有妻子的義務，又有報恩之渴望，方與顧生發生性行為，為其完成延續香火的責任。但她對性事又多所節制，拒絕顧生的主動需索，更嚴拒狐妖非禮，此乃維護女性貞節。

狐妖所為則盡在逾越界線。他與顧生的關係，不僅是同性結合，更是妖與人的結合。倘若狐妖乖乖當個同性戀，那麼二元的秩序（妖/人界線已破，此指同性/異性）仍可作用，偏偏他非禮於俠女，雙性情慾使他成為模糊界線的不穩定存在。而「非禮」亦是對界線的挑戰，是對情慾不知節制。凡此隱藏在敘事細節的種種安排，說明了狐妖與俠女的衝突，在於象徵意義上的價值對立，因此，俠女殺死狐妖是她完成文本中倫理秩序的過程，非禮只是導火線，是符應情節邏輯的合理說詞。

當然，文末異史氏早就講得明白：「人必室有俠女，而後可以畜孌童也。不然，爾愛其艾豭，彼愛爾婁豬矣！」此處用了《左傳》典故，艾豭是公豬，而婁豬是母豬。蒲松齡發動傳統婚戀系統中，妻子貞節專屬於丈夫的父權法則，以告誡男性除應先完備成家與香火之責，還要注意妻子是否如俠女那樣嚴守分際，以防受到同性伴侶越界染指，而損及男性尊嚴。如此論述，足見他對雙性情慾越界的強烈否定。

談完多元情慾，我想回到俠女身上，檢視小說中的女性處境。俠女這個角色看起來也是個怪異元素：她武功高強，殺人不眨眼；

待人頗有自己的分寸，與男性顧生互動時強勢而不苟言笑，卻替他生子以為回報；最後退場更是電光一閃，給人來去自如之感。但如果俠女與狐妖同屬「怪」，何以只有「妖孽」被殺？原因在於俠女並不是真的來去自如，而是處處受她意圖維繫的傳統價值限制，並且是男性中心的價值。俠女的行動主軸都在服務男性：為「父親」報仇，替「顧生」傳宗接代。父親身前官至司馬，俠女實為大家閨秀，勢必處處受制於傳統禮法，淪落後的她也安於父權社會對女性的要求：打理兩個家庭的家務，照料家中長輩，並且嚴守貞節。她的所作所為完全符合主流價值期待，不見對自我的探問與追求。

俠女對情慾嚴加控制的態度，與顧生形成強烈對比，正反映傳統中國女性缺乏情慾自主空間的處境。蒲松齡的角色設定，證明了他極度保守的性別意識。無怪乎《聊齋》最經典的女同文本〈封三娘〉中，兩位女主角處處顧忌社會眼光，與男性的毫不遮掩大異其趣。因為傳統觀念中，女性身體從屬於男性，倘若女女之間發展出「排除男性」的情慾，絕對是大犯禁忌。所以，〈封三娘〉的故事必須以「兩女共事一夫」的方式，讓女女親密關係寄蔭於異性婚家之下，才做成了《聊齋》中同性情愛難得善終的結局。

至於報完殺父之仇的俠女，她最終的去向，也就頗耐人尋味了。

花開少女的選擇
——《花開時節》賞析

文／朱宥勳

楊双子《花開時節》節錄

台中車站的剪票口出去，小早已經等候在白色站房的僻靜角落。沒有清子夫人，也沒有齊藤先生。小早穿著作為學生正裝的水手領制服，腳邊有一只輕便的皮製行李箱。雪子靠近，看見小早那雙黑色眼睛裡閃動堅毅的光芒。

小早伸手過來，雪子感覺到相握的手心裡有硬紙。

「這是……」

雪子辨識出來，是內台連絡船的船票。

「雪子小姐，請您聽我說。」

不只是忽然使用正式稱謂，小早緊緊握住雪子雙手，臉上是前所未見的威嚴肅穆的神色。

「即使無法取得妳的原諒，那樣也沒有關係，可是請妳答應我的請求，我們一同去內地吧！船票已經買好，對不起，不只是船票，瞞著雪擅自妄為，我做了許多安排。經由台三郎兄長協助，母親已經提前離開本島，齊藤先生則在基隆等候，為我們安排住宿。朝日丸明天早晨出發，兩天之後的門司港，我下船轉以鐵路前往京都，請雪搭乘到終點站的神戶港，齊藤先生的妹妹登代夫人將會在那裡接引。食宿以及入學考試申請準備俱全了，以便雪在東京能夠專注準備考試。儘管短期之內無法見面，可是透過登代夫人，我們可以通一、兩次電話……」

或許是因為雪子沒有打斷，小早一口氣說了許多。緊握在兩人手裡的船票扎痛雪子的手心。

「對不起，小雪……。」

把話說完的小早，臉色忽然軟化下來，露出泫然欲泣的表情。雪子小姐、雪、小雪，混亂的稱謂可能來自小早同樣紊亂不已的內心。

最初結識的時候是「雪子小姐」，而童年有很長一段時間都是「小雪」，連雪子也不知道從何時開始小早已經完全改口為「雪」了。

小聲呢喃著「小雪」的小早好像退化成小孩子似的。即使如此，小早一點也沒有放鬆握住雪子雙手的力氣。

「……走吧。」

雪子說，「走吧，上火車，去基隆，我們兩個人一起。」

會不會是雪子答應得太乾脆了呢？設想並規劃這種驚人之舉的小早竟然一臉錯愕迷惘，「那麼雪的學校課程……」脫口說了這樣的半句傻話。

蒸汽火車出站的鳴笛聲「嗚——嗚——」響起。

小早咬住嘴唇忍耐汽笛尖銳的聲響過去，直到汽笛聲平靜下來，小早戰戰兢兢的態度才見緩和。

放鬆下來的小早側過頭看著雪子，看了又看。

「雪，對不起，對不起。」

「噓……。」

雪子讓小早依靠在自己的肩頭。

小早想必是緊繃了很久，起初呼吸僵硬急促，經過許久才變得輕柔順暢。蒸汽火車轟隆轟隆一路向北，雪子把臉頰輕輕地靠在小早的頭髮之上。

閉起眼睛的時候，會想起昔日共同經歷過的鐵道旅行，彷彿此時只是普通而悠哉的春假出遊。——抵達台北，下榻台北鐵道旅館，晚餐會在鐵道旅館的西洋料理以及梅屋敷的日本料理之間猶豫不決吧，或者要選擇江山樓的台灣料理呢？隔天早起，要去草山踏青，或者去柊牧場吃新鮮的酸乳才好？滿腦子都是這種微不足道的、幸福的煩惱。

台中車站到基隆車站要花去半天的時間，如同往日，雪子和小早在途中買了月台小販叫賣的炒米粉，以及放有煎魚片的鐵路便當。
「雪記得嗎？去年春天，似乎也是同樣的便當。」
「配菜減少了，或許是戰爭的緣故吧。」
不打盹時，雪子與小早閒聊著過去的往事。
「如果能夠跟雪再去一次淡水就好了。」
「想要去的地方太多了，曾經說過夏天要去能高山的。」
「到達內地以後，去嵯峨野，去上野恩賜公園吧。」
「小早太貪心了啦。」
「嗚。」
「可是，真想跟小早再去一次海水浴場啊！」
即將通過車站而鳴放汽笛的時候，雪子就去給小早摀住耳朵，
然後兩人互視著對方笑起來。

基隆站是終點站。

預警進站的鳴笛聲彷彿特別響亮。

雪子摀在小早耳朵上的雙手，直到鳴笛聲告終了都沒有放下來。

四周的乘客陸續起身整理行李，浪動著細細的喧嘩聲。小早起先以眼神表示疑惑，卻在雪子的注視中變得凝重，終於抿直嘴唇將雪子的手拿來握在兩人的膝上。

「對不起，只能送小早到這裡了。」

小早直直地望著雪子，彷彿端詳那臉上是不是存在任何說出玩笑話的跡象。片刻以後小早把臉低了下去。

「雪好殘酷。」

「對不起，小早，對不起……」

有水滴打在雪子的手背上。

啊，真的，這一天畢竟是來了啊。

「……如果能夠永遠都是少女就好了。」

小早以虛弱的氣音說出了雪子的心聲。

（……）

台中高女的卒業典禮之前，小早返回本島。

計程車來到知如堂外埕，雪子聽見陌生的轎車引擎聲而步出一貫齋，在傍晚夕色裡看見小早的身影，一度以為是幻覺。

直到走到小早面前，正好出來外埕迎客的阿蘭姑笑說「屘千金的木屐未免踩得太響亮了」，雪子才敢確定沒有弄錯。

「雪子小姐充滿元氣，不是很好嗎？」

清子夫人含笑說，「早季子也很想念雪子小姐，問候玉壺老夫人及素卿夫人以後，請雪子小姐帶領早季子去賞花吧，好嗎？」宛如對小早與雪子的短暫冒險毫無所悉，清子夫人的微笑真誠而溫暖。

大家先後進內埕，雪子和小早落在行伍尾端。

「小早……」

「噓。」

面無表情的小早把什麼東西放進了雪子的嘴裡。

融化以後柔軟的、苦澀又甜蜜的滋味。

「是毒藥哦。」小早說。

雪子眼睛裡都是淚水。

隔天就是高女的卒業典禮，松崎母女率先為這個時間拜訪道歉。

清子夫人解釋說道，小早順利考取京都女子高等專門學校，將持續攻讀國文科直到大學，身為人母有意陪伴初期就學生活，松崎家將來僅有幸長先生定居台中州。由於過去交往密切，儘管之後會擇期正式道別，還是專程前來致意。阿母回應以她國語能力所知的所有讚美之辭，阿嬤淡淡微笑留清子阿姨和小早過夜。

清子夫人笑著答應了，拿出手帕揾去眼角淚水。「一直以來，承蒙各位親切關照，如今不禁內心傷感。我們家的本島生活，如果沒有楊家的各位，實在太寂寞了。」聽見清子夫人一番懇切的言語，阿母眼角也閃動淚光。還沒有正式道別，氛圍卻已經充滿離情。

晚飯過後，天空邊緣殘留著藍紫色的晚霞，懸著一輪十六夜的滿月。

雪子與小早並肩散步，安靜走出知如堂的庭園，走上夏季裡會到處掛滿時計果的小山丘，繞徑農田水圳周圍，一直走到天空完全掛上黑幕，僅剩月光照路，圳裡流水波光瀲灩。

月光下，兩人走了很長很長的路，誰也沒有先開口。

儘管什麼都沒有說，又好像什麼都說了。

感覺落花掉落頭頂、地面鋪滿柔軟花泥而抬起頭來，發現月亮和銀河都清晰可見。以前她們曾經躺在內埕裡指畫，那個是北斗七星，那個是春季大鑽石。

雪子癡癡凝望樹縫之間美麗璀璨的夜空，小早或許也有同樣的感觸，不知道什麼時候兩人的雙手緊緊地握在一起。

宛如台中車站裡小早緊握雪子雙手那樣的力道。

雪子內心那樣透澈，所以沒有辦法做到小早那樣的猛烈衝撞。

單方面毀壞約定的是雪子，順利走向兩人理想道路的是小早。

如此說來，究竟是誰拋棄了誰？

「對不起，小早，是我的錯。」

「不，我並不憎恨雪。」

「是——嗎？」

「是——的。」

小早沉默下來，忽然把臉埋到兩人交握的手上。

雪子的手背上全是熱燙的淚水。

咬鼓了臉頰，雪子一句安慰的話語也說不出來。

不，不如說是熱氣梗塞咽喉，鼻頭酸楚，雪子無法說話。

直到春風輕輕地吹撫過來，降下了一陣花雨。細小的花朵點點滴滴，比春天最微弱的雨絲還要溫柔。

「小早妳看，今晚的月色多美啊。」

雪子拚命地仰著臉龐。

映入眼簾的，是淚光裡模糊扭曲的苦楝花。

（……）

阿嬤口氣輕輕淡淡，「天公伯保庇，阿嬤這世人好命，育囝大漢，逐个攏是好的，到今毋驚共別人講，上尾一個是汝，阿嬤心內歡喜。」

雪子安靜地看著阿嬤。

阿嬤睜開微瞇的眼睛，眼睛裡有深邃睿智的光采。

「阿雪，汝看阿嬤這手指頭仔，也有聽人講古，知影自我出世，這紅指頭仔一時有人褒，亦一時有人貶。汝想為啥物？人性爾爾。

阿嬤自細漢佇知如堂做千金大小姐，毋是少年時陣就捌這個道理，後來才知人生在世，必須喙軟心肝硬。燕雀安知鴻鵠之志？人愛呲閒仔話，予人呲去，咱家己有主見，毋免事事管待。阿雪，阿嬤心內歡喜，因為汝有智慧，較早阿嬤體會這道理……所以彼一日，最後汝會曉倒轉來。」

雪子聽得恍惚，直到最後一句。

彼一日，那一天，雪子跟小早奔赴基隆車站，終究選擇回頭。

基隆再返，到台中必然是午夜時分，向齊藤先生借錢買車票的時候，一併拍了電報回知如堂。深夜的台中車站外頭等候著獻文哥與林司機，車上獻文哥笑罵一句沒聽說過送人送到基隆的。進了內埕，正廳裡阿母、好子姊和阿蘭姑都在，端上廚房備著的熱湯熱飯，雪子邊吃邊流淚。阿母以比往常更溫柔沙啞的嗓音說，「好矣，轉來就好。」

男人們渾然未覺，可是阿嬤、阿母、阿蘭姑、好子姊想必都知道，雪子歷劫回歸，實實在在是割斷情義、出走又再復返的。

「阿雪共早季子小姐這個心內掛礙放落來，才是真正大漢矣。了後，汝就愛做厝裡的樑柱。」

阿嬤的蒲扇停下來，伸手撫摸雪子的頭髮。

「松崎一家伙仔真心誠意，沒話講。清子夫人頂擺來蹛彼暗，講起會當𤆬汝做伙佇京都生活……阿雪，汝是好囝，逐家攏毋甘，攏心內疼惜，阿嬤攏總知影。毋過阿嬤私心，汝也愛了解。」

雪子挪動身子去俯在阿嬤腿上，無法言語，只能點頭再點頭。

原來，原來直到最後，松崎家仍然對小早妥協了。

說出可以帶雪子去京都生活的清子夫人，內心懷抱著什麼樣的想法呢？在同一個時候，十六夜圓月燦星底下說著「我並不憎恨雪」的小早，又是懷抱著什麼而說出這樣的話？

松崎家客廳裡懇切傾訴的清子夫人，曇花綻放的庭園裡面帶微笑的幸長先生，基隆車站裡一臉憐憫之色的齊藤先生……還有小早虛弱無助的表情，以及流淌在雪子手上的灼熱淚水，全部都讓雪子心情複雜難言。

阿嬤再次搖動起手裡的蒲扇，微風徐徐，溫柔如春雨。

這次阿嬤說得更明白了，做厝裡的梁柱，雪子的任務是支撐起知如堂。這是赤裸裸的情感綁架。春子姊、恩子姊、好子姊，也許每個姊姊都是一樣的，可是阿嬤赤誠地交付寄託與信任，所以沒有一個人拒絕，雪子也不例外。

——雪子，大家都稱呼妳囡千金，可是妳千萬不能被這樣的稱呼所迷惑了，誤以為我們是高高在上的人，恰恰好相反，妳一天是知如堂的屁千金，就有照顧大家、為家族奉獻的責任。

春子姊說。

——在知如堂裡，有能力的要幫沒能力的擔起來。雪子妳，也要擔起大哥擔不起來的東西了。

好子姊說。

——雪子小姐，果然是我們錯怪您了。繼承了父親與母親的傻瓜血緣，所以早季子才會是個頑固的傻瓜吧！既然妳們懷抱有如親姊妹的情感，也請雪子小姐一定要明瞭，對早季子而言，應該要走上什麼樣的道路才是正確的。

清子夫人說。

——妳們的兄長太過軟弱了……雪子，未來想必會很辛苦的！

賞析

《花開時節》是一本以台灣日治時期為背景的長篇小說，融合了歷史、百合、穿越等元素。故事主要描寫日治時期的台灣少女雪子與日本少女早季子的情誼。所謂「百合小說」，便是以少女之間的微妙情愫為主題的小說，因此雖非「同志文學」，卻也會觸及同性之間的愛戀與禁忌。在這樣的設定下，《花開時節》便有非常豐富的性別意涵，可以供讀者思考。

第一個值得注意的是「日治時期的少女」這個組合。故事中的雪子和早季子都有良好的出身，是當時少數能夠念到中學畢業女性。而這個階層的女性，其實面臨到一種尷尬的局面：她們受過很好的教育，因此擁有自己的志氣與夢想；然而身為女性，「教育」卻不能讓她們實踐自我，而會被這個社會視為「提高了婚姻市場價值」，所以一畢業就會被迫嫁人。閱讀《花開時節》時，可以特別注意少女們對「畢業之後」的焦慮，這呈現了「女性能否擁有自主的未來」這個議題。而小說的標題「花開時節」也是個典故，來自日治時期女作家楊千鶴的同名作品〈花開時節〉，如果比較閱讀兩部作品，相信更能深入體會這個議題。

第二個值得注意的地方，是「家族」與「族裔」等身分問題。小說的主線雖然是少女之間的情感，但如同婚姻中的「門第」一樣，一段情感能否延續，往往取決於家族的安排與族裔身分的影響。雪子作為台中大家族的千金，有必須扛起家業的決心，無法輕易選擇自己最想要的未來；而早季子作為日本華族家庭之女，終究難以斷然待在台灣。此處所選的段落，正是兩名少女因為家族安排，而必須分開的心碎時刻；除此之外，阿嬤的「欣慰」之詞，也呈現了大家族中無奈的人情世故。

而第三個值得注意的切入點，便是小說中呈現出來的「同性情誼」。以小說設定的一九三〇年代台灣來說，以「女同志」這個身分走下去當然是萬分困難的，即便在故事當中最深情的時刻，兩人仍不輕易言愛。然而，社會不提供這種框架，也不能阻止人與人之間情感的牽絆與交纏，從兩人的相處來看，任何讀者都很難否認她們的羈絆之身。小說中沒有明確地點出「同志」這個概念，並不意味著這種情感不存在，反而正是提醒我們：有些分明存在的東西，就是因為社會的強力壓抑，所以才讓你說不出口。

由於《花開時節》是長篇小說，限於篇幅無法全部選錄，故我們跳著節錄了故事後半的三個段落。這三個段落呈現了雪子與早季子最困難的抉擇——在小說的世界裡，「抉擇」就是人之為人、就是角色展現其精神與特質的，最重要的時刻。是走是留，說什麼話、採取行動，從來都不是容易的事，就如同你生活中也可能面對的那些抉擇一樣。不過，幸運的是，透過這些小說，角色會陪著我們「預習」這些困難的抉擇。因此，閱讀小說最好的方法之一，就是時時刻刻問自己：如果是你，你會怎麼做？

從貞節走向女權的漫漫長路
——歸有光〈貞女論〉的禮教攻防小劇場

文／陳茻

歸有光〈貞女論〉

女未嫁人，而或為其夫死，又有終身不改適者，非禮也。夫女子未有以身許人之道也。未嫁而為其夫死，且不改適者，是以身許人也。男女不相知名，婚姻之禮，父母主之。父母不在，伯父、世母主之。無伯父、世母，族之長者主之。男女無自相婚姻之禮，所以厚別而重廉恥之防也。女子在室，唯其父母為之許聘於人也，而己無所與，純乎女道而已矣。六禮既備，壻親御授綏，母送之門，共牢合巹，而後為夫婦。苟一禮不備，壻不親迎，無父母之命，女不自往也，猶為奔而已。女未嫁而為其夫死且不改適，是六禮不具，壻不親迎，無父母之命而奔者也。非禮也。

陰陽配偶，天地之大義也。天下未有生而無偶者，終身不適，是乖陰陽之氣，而傷天地之和也。

曾子問曰：「昏禮既納幣，有吉日，壻之父母死，則如之何？」孔子曰：「壻已葬，致命女氏，曰：『某之子有父母之喪，不得嗣為兄弟，使某致命。』女氏許諾，而弗敢嫁也。」弗敢嫁而許諾，固其可以嫁也。「壻免喪，女之父母使人請，壻弗取，而後嫁之，禮也。」夫壻有三年之喪，免喪而弗取，則嫁之也。

曾子曰：「女未廟見而死，則如之何？」孔子曰：「不遷於祖，不祔於皇姑，不杖，不菲，不次，歸葬於女子氏之黨，示未成婦也。」未成婦，則不繫於夫也。先王之禮豈為其薄哉？

幼從父兄，嫁從夫。從夫則一聽於夫，而父母之服為之降，從父則一聽於父，而義不及於夫。蓋既嫁而後夫婦之道成，聘則父母之事而已。女子固不自知其身之為誰屬也，有廉恥之防焉。以此言之，女未嫁而不改適，為其夫死者之無謂也。

或曰：「以勵世，可也。」夫先王之禮不足以勵世，必是而後可以勵世也乎？

歸有光〈貞女論〉翻譯

女子還沒嫁過門，卻為了她的（未婚）丈夫死亡，而終身不改嫁，並不符合禮。未嫁過門而為了她的丈夫已死不改嫁者，是已將她這個人託付給對方（丈夫）了。男方女方本來互相不知道對方的名字，婚姻的禮儀由父母主導。父母若不在了，則由伯父、伯母等主導婚禮。若無伯父、伯母，就由家族裡的長輩主導婚禮。男女之間並沒有自行婚姻的禮，目的是為了加重男女之別、廉恥之原則與界線。女子還在家未嫁，只由她的父母將她許聘給人，自己並不參與，這純粹是作為一個女子的原則而已。等到六禮都準備好了，夫婿親自駕車迎娶，母親送到門口，男女一起喝下交杯酒，才結為夫婦。如果六禮不完備，夫婿沒有親自迎娶，沒有父母之命，女子是不會自行前往夫家的，如果破壞這個規矩就是私奔了。女子如果未嫁過門而為了丈夫已死不改嫁，就是六禮不完備，夫婿沒有親自迎娶，沒有父母之命而私奔，這是不合於禮的。

陰陽配偶是天地的大義。天下沒有生來就無配偶的，終身不改嫁，違背了陰陽之氣，傷了天地的和諧。

曾子問說：「婚禮已進行了納幣（相當於今日之文定）這個儀式，訂了吉日，夫婿的父母死了，那該怎麼辦？」孔子說：「夫婿已安葬了父母，派人告訴女方：『某人的兒子有父母的喪事，（異姓的兩家人）不能聯姻，派我來傳達訊息。』女方許諾，不敢擅自改嫁。」不敢擅自改嫁而許下諾言，意味本就是可以改嫁的。「等夫婿的喪期結束，女方父母派人過來請問後續，夫婿選擇不娶，而後再改嫁，是合於禮的。」夫婿有三年的喪期，喪期結束而不娶，則可以改嫁。

曾子問：「女子未拜過夫家宗廟就死了，那該怎麼辦？」孔子說：「不遷葬於（夫家）祖墳，不歸附於夫家女性長輩之墓，（夫婿在喪禮上）不持喪杖、不穿草鞋、也不哀次（古代喪葬儀節，用意在表達哀痛），歸葬於女方家族祖墳，以表示未成為妻子。」未成為妻子，則不屬於丈夫。先王留下的禮，又豈是為了（人情的）涼薄？

（女人）幼時跟從父親與兄長，出嫁就跟從丈夫。跟從丈夫就都聽命於丈夫，而替父母服喪的喪期也減短了。

跟從父親則都聽命於父親，道義上並不及於丈夫。這是因為既已嫁人後夫妻之道就完成了，聘禮則只是父母的責任而已。女子本不知道她自己將屬於誰，有廉恥的界線。從這個角度來說，女子未嫁過門而不改嫁，只為了丈夫已死，這是沒道理的。

有人說：「用以勉勵世人，是可以的。」先王留下的禮不足以勉勵世人，必定要如此之後才可以勉勵世人嗎？

賞析

歸有光是明代的重要文人。過去教材可能會提到，歸有光承繼了唐宋古文運動之精神，是明代「唐宋派」之代表。其實，歸有光在當時還是個很有想法的文人，思想上對先人之精神有所承繼，但並非一味守舊。

明代的思想有其解放的一面，許多人藉由反思舊時代思想提出對傳統禮法的新見解，自今日角度觀之，當時的人們在人權、性別議題上多有思索，有些論述甚至有著當代女性主義思潮的影子。

歸有光有幾篇文章都談到傳統禮法中女性的困境，這裡特別挑了〈貞女論〉來談。

人所皆知，中國古代社會的父權結構對女性多有壓迫，也少有自由戀愛之機會（因此戲曲中才特別喜歡歌頌愛情自主），婚姻多為父母之命，多數人在結婚前連對象是個什麼樣子也不清楚。嫁娶是一場人生豪賭，當時人們卻以為常。

有些時候，男女雙方已有婚約，男方卻因故身亡，當時的社會風俗認為女子既已和男方有約，則為夫家之人，該當為男方守寡，不得改嫁。這在今日聽來是很荒謬的。試想：女方自頭至尾，根本沒見過這人，更別說有什麼夫妻之情，然而，社會習慣卻要令女子為這素昧平生的「先夫」守節，陪葬一生幸福（當然，很多女人嫁了之後，在舊觀念束縛之下，也是終身不幸，此處就不多談了）這怎麼想都不通情理。

只不過，社會習慣行之有年，要想撼動並不容易。歸有光（貞女論〉就是針對這個現象提出批判；他批判的方式是很值得注意的。他說，女子與男方尚未完成嫁娶儀式，卻要為了男方身故而終身不改嫁，這是「非禮也」，意思是這並不符合禮法。

「不符合禮法」這樣的論述倒不是隨便成立的，歸有光既然提出這一點，就必須要拿出證據來。過去的禮法並非無憑無據，許多規矩皆有經典可循，其中最根本的自然是「貴為」五經的《禮記》一書。那麼，根據《禮記》的說法，女子為了未成婚而亡故的丈夫守寡，這是合理的嗎？

很遺憾的，《禮記》沒有關於這個情況的記載。想想也合理，畢竟人間情狀有千百種樣態，即便是規範一切禮法的《禮記》，也不可能僅憑一本書就包羅所有人間事吧。「經典」在舊時代往往被視為「聖人」的話語，有著近乎不可動搖的地位，甚至在許多情況下形成道德框架，限制了人的情感。然而，人畢竟是有思想的動物，某些想得較深遠的人，往往也會對經典提出質疑，進一步根據現實情理，找出更合理的行為依據。

最有名的例子，就是孟子提過的：如果嫂嫂溺水了，那身為小叔（丈夫的弟弟），可否伸手救她呢？這個例子在今日看來簡直是廢話中的廢話，人命關天，還問什麼能不能、救不救啊？但這在孟子的時代確實有其困難。

所謂男女有別，其間的禮教之防十分嚴格，小叔要觸碰嫂嫂的身體可是大事，是大大違背倫常的。那孟子怎麼說呢？孟子認為，若是碰到這樣的情況，那當然是人命要緊，禮法雖然重要，但在人命面前自然也必須變上一變了。這樣依據現實調整禮法的作法就是所謂的「權」（即我們常說的「權變」、「權宜」之計），意思是禮法只是一個大規範，更根本的仍是人的問題。

各個情況如何適用禮法，不該一味墨守成規，要能隨時、因地置宜，適當地調整作法。這在今日看來似乎多了許多麻煩，但這中間的思路轉折，其實已透露了「禮法」與「經典」的本質：禮法本是為了社會安定與和諧而存在，若反而成了道德枷鎖，回過頭來傷害了人的情感、和睦甚至性命安全，那就失去意義了。

繞了一大圈，回頭看看歸有光怎麼解決前面提到的問題。《禮記》中雖然沒有記載類似的情況，但卻有其他值得參考之處。畢竟歸有光要論述的不是像《孟子》那種顯而易見的人命問題，無法立即就情理上駁斥逼迫女子守寡的作法有多不合理。他只能回到規範禮法的《禮記》中找線索，看看有沒有足以推翻這個觀念的依據。

《禮記》中有一篇叫〈曾子問〉，由曾子向孔子提問，列舉許多特殊案例，問問禮法上該如何處理（有些類似今日的Q&A）。歸有光從中找出兩條，用以支持自己的論述：

其一，有次曾子問孔子，如果已經訂婚了，男方的父或母突然身故，那該怎麼辦呢？孔子回答，男方父母有喪，當然是不能如期娶親了，該派人到女方家致意，表明家中有喪事，婚事當暫緩，這段期間，女方不該易嫁給他人，畢竟有約在先，若男方有喪而女方立刻改嫁，這在情理上不太過得去。

值得注意的是，在男方告知女方家中有父母之喪，不能結親家之時，先前的婚約其實已不作數了，女方在喪葬期間不另嫁人，是情義道義上的厚待，並非為了婚約之故（當然，有時候道德情義的枷鎖未必比較輕就是了）。而後，喪期結束了，女方父母再請人詢問是否維持先前的婚約，男方若是不娶了，女子就可改嫁。

這在今日看來其實也頗折騰的，古人守喪要三年，這三年內女方也得跟著等，待到服喪期滿，才能再談嫁娶。不過，可以肯定的是至少早在孔子的時代，「婚約」就是「可解除的」，女子「改嫁」他人也是可在某些條件下被接受的。歸有光特別提出這點，進而推展自己的論述。

男方父母有喪，婚約都可解除了，那女子未過門男方就死了，又該如何呢？《禮記》中雖然沒提過這個情況，但卻有類似的例子：

有次曾子問孔子，如果男女雙方有了婚約，女方尚未「廟見」就身故了，該當如何呢？所謂的「廟見」指的是過去嫁娶儀式中，女方嫁到夫家，首次拜謁夫家祖廟之事。廟見之後，女方才正式算夫家的人。

曾子這麼問，是為了未廟見的「媳婦」在身分上確實有些模糊。孔子則明確回答：未廟見而身故的婦人，嚴格說起來還不算夫家的人，身故時不該葬於男方的祖墳，丈夫在喪事中也不必持「喪杖」。這意思是夫妻之間確實有道義在，夫家致哀，但實無多深厚的夫妻之情，固不必盡哀（古時妻死丈夫一般會持喪杖，示意身體因哀痛而過於虛弱無力）。歸有光提出這則對話，目的在說明男女雙方成婚有一定程序，若未走完最後宗廟之儀式，夫妻之名便不算正式完成。

結合以上兩則來看，歸有光提出一個結論：據《禮記》所載，男女雙方雖訂了婚約，只要婚禮未完成，出了變故還是有「解約」的空間，女子是可以改嫁的。再者，即便成婚，沒正式拜過祖廟，也不能算夫家的人。根據這兩點來看，女子在未成婚時遇到丈夫先亡故的情況，並沒有理由替亡夫守節，畢竟嚴格來說，婚禮根本未完成，女子不屬於夫家，自有其改嫁他人之自由。

歸有光在明代提出這樣的觀念，對當時的社會必有不小的衝擊，對禮法追本溯源的反思與再詮釋，就那個時代而言自有其進步的意義。

當然，從今天的角度來看，歸有光的觀念仍有其時代限制。首先，這些論述畢竟仍以父權社會為前提，女子出嫁從夫，依舊是牢不可破的鐵律。再來，要挑戰社會習慣，歸有光仍必須回歸經典內容，雖說他嘗試在經典中提取了更本質、更核心的意義，但無形中還是加固了《禮記》的權威地位，並未能完全跳脫舊時代的思維。

我們可以說，歸有光是一個十分優秀的士大夫精神的實踐者，但他的思想在當時再怎麼進步，畢竟是百年前的產物，在民主與自由的今日，這些絕對是不足的。

以歸有光〈貞女論〉為例，並不是要強調這篇文章的思想內容有多進步，更不可能以之為今日的指導原則。我只是希望藉由這樣的文章，說明任何禮法都是值得一再反思的，經典更不該是不能討論的教條，而該隨時被賦予新的意義，有更自由的詮釋空間，才不會讓這些故舊的文字成為時代的負擔，甚至是「遺毒」。

另一方面，我們固然可以批判古人的思想缺乏民主、人權、自由的認識，但也無須執著於這個「不爭的事實」。比起這些，若能將目光放在那些具時代意義的思想論述上，看看各個時代傑出的人們如何面對傳統、挑戰權威，就更能知道許多我們今日視為理所當然的事，並非自古皆然的。

那些本該屬於每個人的權利，也是經過漫長的討論、革新與掙扎，才一點一滴被確立下來的。看看今日的婚姻與家庭，女子從屬夫家的觀念依舊存在，父權社會留下的舊思維，至今仍壓迫著許多女性。歸有光所處的時代距今已有四百多年，由父權走向平權的路，人們卻尚未走完。

女性地位一直都是時代的試紙，檢驗著一個社會是否已足夠理性、重視人權、已有夠成熟的民主思維、有真正的自由。而社會本就有許多不同的面向，歷史告訴我們的，是每個時代都會有守舊的一群人，也有人積極思索著人類的未來，在每個時代座標上閃著理性的光輝。歸有光的思想在現代必然是「過時的」，但成就其思想方向的，那種探求本質的精神，卻一直是人類社會前進的動力。

舞臺上的跨世代抵抗——《服妖之鑑》的性別議題

文／鄭芳婷

簡莉穎《服妖之鑑》節錄

凡生：這時候的凡生在警察局的一個房間等著，他準時每天早上八點上班，下午五點下班，他有一個妻子和兩個兒子，生活規律，冷血無情。這個黨把他從小職員拉到一個握有權力的位子，從此只有他欺負別人，沒有別人來欺負他的份。
他穿著乾淨筆挺的全套西裝。他叫做凡生。

（兩個部下架著湘君）

部下1：不好意思，要邀請你來我們局裡泡茶。
湘君：我做了什麼事嗎？
部下2：你做了什麼事我不知道，但一定有做什麼事，不然全台灣一千五百萬人怎麼偏偏就抓你？
湘君：我朋友呢？
部下1：他們已經在我們局裡了，你不配合的話他們會很麻煩。
湘君：你們不能隨便抓我，我又沒怎樣！

部下2：不配合調查，你心裡有鬼吧？

部下1：你們看什麼馬克．吐溫、馬克斯．韋伯，這馬克什麼不都跟馬克思相關？

湘君：我沒有辦法跟文盲說話，你拿起來看一看！

部下1：看了就跟你一樣下場誰敢看？

部下2：廢話少說，走！

（兩人將湘君丟到凡生的房間）

部下2：有人問說，幹嘛抓他們，他們做的只有打掃跟募款不是嗎？

部下1：沒事一群大學生聚在一起搞公益，怎麼可能只有打掃跟募款，一定是有目的的，

部下2：黨是這麼想的，不管是什麼黨，只要是，

部下1&2：黨，都會這麼想。

均凡：他們為什麼要抓他們？

護士：需要什麼理由嗎？

凡生：又是你們啊。（頓）年輕人很容易被煽動，你的愛國心容易被不法人士利用。

湘君：我們只是去掃地。

（頓）

凡生：貝多芬，《英雄》。每次聽這首曲子，就完全明白你們這些讀書人怎麼會前仆後繼的想當英雄。但人家是英雄你們是什

麼，會賺錢了嗎？能自己養自己了嗎？學校栽培你是讓你學專業不是去掃地的。（頓）許湘君，你要說了嗎。（湘君沉默。凡生將門鎖上，把鑰匙放進襯衫口袋）在你說清楚講明白之前，這扇門是不會開的。

念在你是個女大學生，我不會怎麼樣，我就在這邊等，看你要撐到什麼時候。

湘君：我不知道只是掃個地還會有這麼多問題。

凡生：你要掃地以後還嫌不夠掃啊？要不要來我家掃？你以為這種藉口我會信嗎？沒事掃什麼地？

湘君：那叫無私的付出。

凡生：然後呢？除了掃地還做了什麼？（沉默）你知道讀書人最怕什麼嗎？（將湘君拉起趴在桌上）最怕丟臉。（凡生走到湘君面前，拉著她的襯衫）我問你一句，答案我不滿意的話，我就開你一顆扣子。在這裡我就是老大。上個月15號你人在哪？

湘君：我不記得。

（凡生解一顆扣子）

凡生：你是不是在街上買了《中華日報》？

湘君：是，但是我不記得是不是那天。

（解一顆扣子）

凡生：而且還買了不只一份？是不是？

湘君：是。
凡生：你還記得你那時候跟旁邊的人說什麼嗎？
湘君：我不記得了。
（又解一顆扣子，此時凡生需要坐下）
凡生：好了，我覺得煩了。（呼吸困難）站著不要動！（湘君不動）
接下來你自己解。
凡生：你承認你講過同情政治犯柏楊的話嗎？
湘君：我沒講。
（解一顆扣子）

凡生：你們一群人聚在一起，有看過魯迅跟沈從文吧？（頓）

湘君：沒有。

（解一顆扣子）

凡生：再這樣下去我看整件脫下來囉。

湘君：（頓）脫吧。

凡生：什麼？

湘君：不管你怎麼逼我我都不會承認，把我脫光丟到街上我也不會承認。

凡生：你以為我是吃素的啊？你不擔心你男朋友的安危？

（湘君靜默不語）

凡生：（看著湘君的內衣）站過來一點。（頓）你這個內衣是什麼牌子的？現在這個款式很流行嗎？美國的？（湘君沉默）回答啊，你當我這個不是問題啊。

（凡生很隨意地彈著湘君的肩帶）

湘君：湘君感覺萬分羞辱，突然一個衝動讓她喪失理智，（突然用力轉身）隨便你要怎樣，但不要以為你可以羞辱我！

凡生：然後，凡生昏倒了。（凡生昏倒躺下）

均凡：這是什麼情況？

四、秘密

護士：湘君大吃一驚，自己可沒有碰到他啊，她探了探凡生的呼吸，確定對方還活著，要是死了她麻煩就大了。

湘君：湘君匆匆將襯衫穿上，她猶豫一下，伸手到凡生的口袋內想找那把鑰匙，在找的時候。

護士：她摸到襯衫底下有彷彿鋼圈的形狀，就好像她身上穿的那件一樣。

湘君：忍不住好奇，她拉開了凡生的領口。

凡生：看到身為男性的凡生穿著一件明顯過小、過緊的女用調整型內衣。

護士：原來凡生偷穿他妻子生產後的調整型內衣，把他勒得喘不過氣來。

湘君：這時候凡生，

均凡：醒來了。

凡生：凡生一個下意識他立刻抓住湘君的手臂。

湘君：第一個反應就想逃跑但完全逃不了。

凡生：你看到了？

湘君：我沒看到。

護士：兩人沉默。

湘君：凡生拔出槍來指著湘君，天啊她感覺自己命在旦夕但又只能假裝鎮定有時候就是身體反應比什麼都快（湘君跪下），我死也不會說出去。

均凡：不要殺她！我要報警囉！

護士：他就是警察！

均凡：啊。

護士：放心啦，這把槍一直都沒有發射。（微笑）就是這把（拿出槍），這是凡生的遺物。

凡生：死了就不會說出去了。

這世界不能有人知道我的秘密，呼（喘息），

湘君：對不起，但是你那件真的太緊了……

凡生：我知道！等你離開我再處理……好緊咳咳咳……
湘君：需要幫忙嗎？
凡生：不需要！
護士：凡生拉開槍的保險，
湘君：我帶你去買適合的內衣！
護士：聽到拉開保險的聲音，湘君像是腦袋被打到一樣說了這句話——
凡生：凡生愣住。
湘君：你殺我會很麻煩，還要處理屍體、還要找到一個合理的原因，我要跟誰講？根本沒人可以講，你是局長，我只是一個學生，誰會相信我？而且而且講了對我有什麼好處？而且美國年輕人都裸體上街了，我們也要，也要跟著進步……

凡生：凡生沉默。

湘君：在美國也是有男人穿女生的衣服，蘇格蘭的男人不也穿裙子嗎？

凡生：有這種事？

湘君：這沒什麼，比較開化的國家都這樣。

凡生：所以美國人都這樣？

湘君：我下次拿照片給你看，我去美國念書的同學寄給我的。

凡生：不奇怪？

湘君：一點也不奇怪，我們就是太保守了，發展才會輸給西方。（見凡生猶豫，又繼續講）以前在學校，早上升旗，天氣熱，有一個女同學突然昏倒了，後來才知道她內衣太緊了，處理這些事情我們很有經驗，女生當了一輩子也不是白當的，以後

你可以找我討論，

凡生：討論。

湘君：對，化妝啊、口紅啊，腿不好看怎麼挑迷你裙啊，我上次買了一支新的口紅，花了我一個月的，

凡生：什麼口紅？

凡生：聽到這個關鍵字，凡生猶豫了，他多麼想要一支口紅。

湘君：大部分當然都是以國家社會為重，但有時候打扮打扮心情都不一樣了。

凡生：他多麼想要一支口紅。（表現出多想要一支口紅的動作）

（插入曲為中島美雪的〈ルージュ〉〔口紅〕：

生まれた時から渡り鳥も渡る気で

翼をつくろう事も知るまいに
気がつきゃ鏡も忘れかけたうす桜
おかしな色と笑う
つくり笑いが上手くなりました
ルージュひくたびにわかります
︵中譯：
候鳥並不知生來就要為渡海梳整羽毛
一留神才發現連鏡子都忘了的那淡櫻花色口紅
真是可笑的顏色啊
現在的我已經很會陪笑了
每擦一次口紅就有所感觸︶︶

凡生：饒你一命可以，但不要忘了，你的朋友張俊良的命，可是掌握在你手上。如果有一個人聽到這件事，就殺你一個朋友，如果有兩個人聽到這件事，就殺你全家。

湘君：我一出這扇門我就什麼都忘了。

凡生：下個禮拜，西門町，中華商場。

（……）

九、西餐廳牛排館

（古典音樂響起）

（凡生和湘君坐在白淨的桌前吃著牛排，凡生喝著酒，帶著酒意）

（服務生來來去去）

湘君：你吃五分熟的牛排？

凡生：好的肉不能煮太熟，不然就浪費了。

（頓）

湘君：這不只是咖啡而已吧？這是全台北最高級的西餐廳。

凡生：喝咖啡不墊墊胃，會胃痛，吃吧，要吃什麼就點，別客氣，這酒也是最高級的，別客氣，我岳父寄放的酒，隨便喝。

（湘君低頭吃著，沉默）

凡生：就當作是謝禮。

（湘君繼續吃著）

凡生：難得有人能就這件事給我意見。

（湘君繼續吃著）

凡生：那我有一個問題，就是眼線怎麼畫啊？

（頓）

凡生：說話啊，很悶欸。

湘君：（頓）嗯，局長在擦「那個」的時候，要把嘴巴笑開再擦，不然，

凡生：這裡是包廂，不會被聽到的。

湘君：擦口紅的時候要笑開再擦，不然會有唇紋，不好看。

凡生：好。（做了個笑開的表情）

湘君：就是這樣。

凡生：好。

湘君：所以尊夫人不知道嗎，您這個，

凡生：被知道了還能做人嗎，我乾脆自殺算了。

湘君：啊，這是上次說要給局長看的，照片，在美國這叫做 Drag Queen，我朋友拍給我的。

凡生：哇，（頓）這個特別漂亮。
湘君：真的。
凡生：他看起來是最不像男人，其他都看得出來。
湘君：天生麗質吧。
凡生：這件衣服好看。
湘君：這個啊，他好像是模仿瑪麗蓮夢露。
凡生：要是也這麼好看就好了。
湘君：局長不輸他們。
凡生：真的？（欣喜，端詳照片一陣）我是覺得東方人畢竟比較纖細一點，西方人看起來骨架太粗。
（頓）

凡生：（頓）我小時候很自然就拿我媽的衣服來穿。到大一點被父親發現，被狠打，之後就不敢了，在學校很常被欺負，但常常忍到受不了，就偷偷躲起來穿。後來跟我太太結婚，我岳父的後台硬，我當上局長以後，把以前欺負我的人都弄進牢裡了。

（湘君沉默）

凡生：我岳父幹了很多壞事，我們家上溯祖宗八代都清清白白查不到一點瑕疵才聯姻的，要是他發現我這樣，他要一腳踢開我還不容易嗎。

所以今天，嗯，謝謝你。

湘君：原來是這樣。

凡生：我常想說要是我有個姐妹就好了，偏偏我是長子，下面兩個弟弟都小我十幾歲，今天真的覺得要是有像你這樣一個妹妹就好了。

湘君：局長喝多了。

凡生：不然你當我妹妹好了。

湘君：（微笑）局長……

（頓）

凡生：（沒說什麼，又低頭看著照片）以後去美國，不知道能不能遇到他。

湘君：我之後會去美國留學，我先幫你看看他們，幫你探好路，歡迎袁大哥隨時來觀光。

凡生：你的邀約我是會當真的。

湘君：我是說真的，但要是你抓了我任何一個朋友，我們可能就真的是敵人了。

凡生：你朋友乖乖的不要作亂我保證不碰掉一根毛。

湘君：好，我們乾了這杯酒，就算是互相給保證了，我不說出去，你把我朋友放了，然後，你來美國，我一定招待。

（兩人大喝一口酒）

凡生：我看過的人多了，我看眼睛就知道這個人。你是好人。

湘君：謝謝袁大哥。
凡生：我才要謝謝你，今天買這些東西，這個夢我想了幾十年。
湘君：上面。
凡生：什麼？
湘君：你今天試的那套很好看。
（凡生伸手握住湘君的手，默然無語）
凡生：我明天會讓你朋友回家，以後你就是我妹妹了。
（……）

十五、凡生的故事

凡生：升上五年級以後，我突然不能跟女生一起玩了。

在那之前，我能把頭髮留多長就多長，只跟女生一起玩。四年級升五年級的暑假，會分出男生跟女生那條線。

我不得不加入一些班上的男生團體，他們叫我把頭髮剪短。

我想跟女生玩跳房子、丟沙包，但我已經不是她們的一份子了。

早上升旗的時候，我被叫去排隊，走著走著，自然而然男生排一排，女生排一排，我經過女生那排的時候，覺得這才是屬於我的地方，我想停下來，但是，我還是得往男生那排走，我感覺得到我跟他們很不一樣，我好像不屬於男生這邊，所以我停在兩排之間。

這時候老師瞪著我，然後開始對著我大叫，我呆住了，他抓住我然後繼續吼我。

我沒有不服從的意思，我反而很想融入，他非常生氣，他開始打我。

這時候，校長走下升旗台，過來阻止他，說這是某某某的兒子。

回到位子上我開始哭，但不是因為被打，而是我是某某某的「兒子」。我不知道為什麼沒有人發現我不一樣。

我最後一次想這個問題，是我在初中二年級的最後一天，我代表在校生致詞給畢業生，我們全校都是男生。在那之前同班男生常常來脫我褲子，笑我是兔子、妓女，可是偏偏像我這樣的人又要代表致詞，這是不允許的，那天我非常不想上去，老師叫我一定要上去。

老師一念出我的名字，台下就傳來一些竊笑，把我的名字，加上「小姐」，用我聽得到的音量講出來。我開始致詞，一些人開始學我講話，學我那時候的動作，我會把頭髮塞到耳後，這是我頭髮比較長的時候養成的習慣，我緊張的時候會把兩隻手握在一起，他們不斷模仿這些動作，然後做得更醜，更誇張。

我不知道老師有沒有看見這些，不過他什麼都沒有做，只是叫他們「不要講話」。

之後我就知道，這是最後一次。

我不知道我這樣算是什麼，沒有可以學習的對象、也不知道哪裡有像我這樣的人。
我開始相信我腦中的聲音。
我是個怪胎、變態，我就是不正常。
我這輩子就是這樣了。有你在我覺得很好。

湘君：其實凡生沒有講得那麼多。只是在他們共同度過的幾個晚上，把她聽到的一點一滴的故事拼湊起來，大概知道凡生是這樣長大的、凡生喜歡吃什麼、凡生那時候遇到了什麼事情……然後再拍拍他說「不要擔心、不要難過」，然後因為她接下來的那幾句「我心裡有你」說不出口，只好換成輕輕一吻，落在凡生的臉上、眼上、唇上。
（對著凡生）我心裡有你。

她這句話，終究沒有說出口。

（……）

廿、訊問到最後

（湘君跟凡生坐在偵訊室，分開，看不到凡生，被人擋住了）

特務1：不好意思，有幾件事想請教你，只是想請你合作釐清一些事情，你有遇到一個算命的是嗎？

湘君：是。

特務1：那天的中餐是吃什麼？

湘君：我不記得了。

特務1：是吃飯吧？

湘君：嗯，應該是。

特務1：那天有遇到什麼人嗎？

特務1：你跟袁先生是什麼關係？

湘君：朋友，（頓）為何一直問袁先生的事情？怎麼了嗎？

特務1：沒事，還能有什麼事，大家都老同事了。所以你們喬裝打扮之後有跟任何人接觸嗎？

湘君：沒有。

特務1：你是共產黨嗎？

湘君：不是。

特務1：你知道你被利用來跟共產黨接觸了嗎？

湘君：接觸？

特務1：這些東西你認得嗎？（拿出凡生的女裝照）

湘君：認得。

特務1：從袁先生家裡搜出來的。

湘君：他本來就有這個興趣，跟共產黨沒關係。

特務1：我還沒問你跟共產黨有沒有關，你怎麼就回答了？那不就是心虛嗎？

（湘君沉默）

特務1：你怎麼知道他有這種興趣？

湘君：我親眼看到他穿著內衣，他也跟我說了。

特務1：你怎麼知道他不是騙你？你怎麼知道他不是演一場戲給你看？真的這種的怎麼可能娶老婆？老婆還這麼多年沒發現？

湘君：我不知道，但那不是演戲，只是單純的去做一件他想做的事而已。

特務1：他在台灣才是在演戲是嗎？

湘君：對。

（沉默）

特務1：好，謝謝你。

（湘君走出去偵訊室，跟由特務架著的凡生擦身而過，沒有看見彼此）

（湘君站著，黑暗的偵訊室中傳來毆打的聲音和凡生痛苦的慘叫，觀眾看不到只聽到聲音）

特務2：你承不承認！演這一齣啊，你這變態也能當這個職務?! 你下面的人都丟臉死了，一個娘們來管他們！哇操！你是共產黨還是臭娘們？說！

特務1：終於逮到機會查你了，我就不相信你像表面上那樣清清白白！

特務2：給他背寶劍，灌辣椒水！

（凡生被揍）

（湘君繼續走著）

特務1：有個人來台灣幹情報的，跑去清泉崗機場附近工作，她怎麼傳遞消息的？藏在內褲裡面。

特務2：賤貨！

特務1：女人容易讓人失去防備。

特務2：踏馬的！

特務1：可以解釋一下你打扮成這樣有什麼目的嗎？癖好？

特務2：他說他沒有這種癖好。

特務1：不是癖好，那就奇怪了，莫非有什麼特殊目的嗎？

特務2：伏地挺身預備——仰臥起坐預備——一，二，一，二……

（持續）

特務1：只好招待一下局長了。不好意思這些老招都是局長的發明，我們沒有什麼新意，幸好有您在前面帶領著我們，您是我們的榜樣。

特務2：一，二，一，二，不准停，再來一遍，上板凳。

特務1：不錯嘛，感謝你爸媽把你生的好手好腳我們繩子才有地方綁。

特務2：預備，跳！（頓）跳！（頓）跳！（持續）

特務1：我們知道你是冤枉的，那個女人說你在台灣都在演戲！

湘君：他不是！他什麼都沒做！

特務2：上菜喔！螞蟻上樹！竹筍炒肉絲！夾肉餅！上面的請吃冰喔！上冰塊！不用客氣喔！（持續穿插口令）

特務1：你跑到上海穿成那樣，沒有別的目的，我們相信，別人要怎麼相信！相信你不是間諜只是心理變態！

特務2：局長為了藏情報，連面子都不要了！

湘君：他不是間諜！

特務1：那他就是變態！（特務2：打！）

湘君：好！他是變態！

凡生：（怒喊）許湘君！

（湘君愣住）

特務2：他暈過去了！潑水！潑！

特務1：（對湘君）你行為不檢點，誰知道什麼時候背叛你的國家？

要是誰讓你做個變性手術來收買你，你不就像狗一樣去了？荒謬！這局長，我來當！我愛國！

凡生：我是共產黨！

（燈光集中在湘君）

湘君：（輕輕的）他是共產黨。

（湘君在場上，眾人在場上穿梭，大家穿著不同年代的衣服，猶如不同世的時空並置在一起，必要時可找臨演。湘君與凡生深深的看對方一眼，然後經過彼此。不同時代的「服妖」，通通在場上現身）

賞析

《服妖之鑑》是耳東劇團於二〇一五年推出的作品，由簡莉穎編寫劇本，許哲彬導演製作，演員包括謝盈萱、Fa、崔台鎬、王世緯、王安琪及張念慈。全劇共二十二幕，演出時間兩小時，劇情跨越中國明朝末年、臺灣六零年代白色恐怖時代及現時社會三種歷史背景，各自發展出三則故事。透過戲劇鋪陳，不同時空的故事相互呼應，角色之間也出現輪迴關係。

本文揀選佔全劇較大篇幅的第二種時空，聚焦在故事所描繪的白色恐怖政治迫害。在這個時空中，隸屬執政黨的警察頭子凡生與其部下大肆查緝黨外運動人士。參與青年運動的大學生湘君遭到逮補後，受嚴酷的暴力逼供。然而在拷問過程中，湘君卻意外發現凡生壓抑已久的扮裝慾望。湘君原是為救自己的情人俊良，被迫答應幫助凡生完成他扮裝的夢想，他們一起到西門町添購口紅與內衣，也共赴西餐廳牛排館晚餐。然而在過程中，兩人逐漸放下對彼此的防備與敵意，凡生傾吐心事，湘君傾心聆聽。不知不覺中，兩人之間產生了深厚的感情。好景不常，凡生的扮裝行為遭到俊良的匿名檢舉，因此遭到逮補與刑訊。湘君莫可奈何，只能在問訊室外聽著凡生遭到酷刑的哀嚎。在極度的恐懼與壓力下，凡生竟寧願承認自己為共產黨，也不願自己的扮裝行為受到公開，最終因精神失常而遭送療養院度過餘生。

在這段故事中，我們可以從三個面向來觀察白色恐怖時代的性別議題。

首先，凡生對湘君的訊問，夾帶著高度的身體暴力。凡生為獲取黨外運動參與名單，竟以「答案我不滿意的話，我就開你一顆扣子」的方式，威脅湘君供出資訊。暴力逼供本就違法，而凡生強脫湘君襯衫更是罔顧基本人權。而凡生將「裸露身體」等同於「丟臉」的邏輯，亦直接說明了白色恐怖時代的身體觀：身體為應該被安全遮蓋的羞恥之物。然而這樣的身體觀不旦束縛了身體自主權，也容易與厭女概念沆瀣一氣，形成社會對於個人身體與慾望的強大迫害。凡生對於這個策略的熟練，顯示他過去早已實踐多次。作為執政黨的高層警察，凡生的行為象徵了整個白色恐怖時代司法體系對於身體的壓迫與歧視。

卸下心防的凡生而後向湘君傾吐自己兒時的創傷：因為愛穿母親的衣服而被父親毆打、因為不知道該加入女生或男生排隊而被老師責罵、因為被同學戲謔嘲弄而感到恐懼害怕。凡生的童年回憶充滿對自己認同的不安與困惑，更塞滿來自外界的敵意與歧視。他最終寧願被錯認為共產黨，也不願承認自己的扮裝慾望，此一看似荒謬的選擇，卻顯示了當時社會對於非正典性別的巨大壓迫：扮裝慾望被洩漏出去所帶給他的精神恐懼，竟然遠遠大過作為共產黨而可能遭到槍決的命運。我們可以發現，這些創傷都來自於當時社會對於多元性別氣質的不理解與不尊重。社會體制與教育系統對於性別議題的認知缺乏，使得人們對於性別的理解被僵化在男女二元的刻板概念上，也使得社會無法朝向尊重民主與多元的方向前進。距離白色恐怖半個世紀後，已然在性別議題上有所發展的臺灣社會仍然發生了令人心痛的葉永鋕事件（二〇〇〇）。雖然此事件而後催生了更具多元性別意識的《性別平等教育法》，卻永遠提醒著我們性父權體制長期壓抑的陰性慾望解放出來，進一步挑戰了政治議題的傳統框架。

國家宏觀的歷史敘事之中，個人微觀的掙扎與抵抗永遠都是存在的。德國戲劇學家布萊希特曾說：藝術不只是反映現實的鏡子，更是塑造社會的錘子，《服妖之鑑》作為一齣臺灣當代戲劇經典，在揭露意識型態、教育體制、社會風俗與性別議題的纏雜網絡之餘，更激發我們對於轉型正義與人權改革的思考。

敲散隔間，擁抱每顆坦露的心

——導讀〈秘密廁所〉

文／李筱涵

詹佳鑫〈秘密廁所〉

世界最光亮的地方莫過於
一間廁所，衛生紙藏起忍耐的痕跡
謠言尾隨影子疲倦暈眩，越走越輕

辨識牆上同樣單薄的族裔——
淺藍長褲，粉紅短裙
三張臉面無表情，共同遮掩
歷史下半身的秘密
意外交會在我歧義的身體

我知道萬物的排泄與清潔
總是同時發生，正如拖把、水桶與鐵夾
在此有了全新的功能
陽光恍惚離開小窗
鏡子沉默爬滿水漬
難以照見眼淚的真相

我打開一扇潔白的門
安置自己，還有一點時間
可以在此存放秘密
當我埋頭抱膝，我便擁有一種防衛的姿勢
在許多遙遠的廁所裡
和一群失語的人蜷縮蹲踞
聽見恐懼被捲入渦流的聲音
隱隱共鳴，在地下水道安靜蔓延
孳生黑色的細菌

而我終究是乾淨的。

賞析

詩是什麼？它是一種語言，透過打破日常對話的句子，換個方式，提供一個新視角，讓你看到生活中被隱藏的角落，點亮那些一直存在卻未曾被看見的世界；告訴你，有些故事正在我們周圍發生。〈秘密廁所〉這首詩，就是在說一個關於秘密的故事。

你有過秘密嗎？為什麼它不能被大家知道？什麼樣的事，會變成「秘密」？它跟廁所會有什麼關聯？你說記憶裡會出現的廁所吧，可能潮濕陰暗，轉個身被合成隔板敲到手肘關節，還有點不好聞的氣味？那是個大家每天會去，似乎很重要卻又讓人感覺沒這麼重要的地方；因為沒人想在廁所待太久。

但有趣的是，對詩裡的「我」來說，廁所是個「世界最光亮的地方」。因為這裡，有可以包藏他委屈淚水的衛生紙，有可以將惡意謠言阻隔在外的隔間。廁所，像一張保護網，給了「我」一個逃離傷害的空間。「我」到底要躲誰？又是誰，讓「我」為了自己的秘密，必須要逃到這裡藏起委屈？

從詩文第一段後半，透過「我」的眼睛去看廁所門上的男女標籤。是了，無論你是誰、長得如何、個性開朗或敏感，都不重要；這裡只看你是穿「淺藍長褲的男生」，或是穿「粉紅短裙的女生」。社會總是告訴我們，你一定是其中一個，去哪間廁所，就完成了我們的分類。可是，想穿藍色長褲的女孩，或者喜歡粉紅色的男孩，要去哪裡容納自己「歧異的身體」？我們的社會容許這個掉出框框規則的意外嗎？你知道，有些東西還不能說，所以它變成秘密。秘密說出來，會變成別人傷害你的理由。我們在廁所裡排泄與清潔，人們抹去他們認為奇怪、骯髒的污垢，用清潔的方式恢復整潔的環境，這一切理所當然。可是當清潔的工具，在這裡變成一種清潔「人」的工具；要把群體中的人一一抹去他們的獨特性，淨化到跟大家一樣時，當然可能變成霸凌。於是「我」變成被清潔的對象，只能無助仰望陽光遠去的小窗，所有事情只有鏡子照見，但無人看見「我」內心充滿眼淚。

從前兩段詩可以看到，「我」可能和社會想像的男生或女生不一樣，而被大家嘲笑、惡意造謠，飽受大家因為性別偏見和歧視帶來的欺負。「我」只能躲在廁所這個小世界尋求離群的庇護，埋頭抱膝，想像有許多共同遭遇的同伴，一起聽水流把細菌般不斷孳生的無形惡意沖走。在第三段詩文裡，其實作者更想說的是，這世上不會只有一個「我」正在遭受不好的對待。在我們每天生活的世界，有更多人天天躲在角落深處，恐懼著外面各種不友善的語言辱罵或肢體攻擊。

雖然詩裡的「我」處境如此困難，可是他清楚知道他沒犯錯。最後一段開頭，他說：「我終究是乾淨的。」他勇敢而自信去面對自己真實的樣貌，迎向這個看似還不那麼友善的社會，仍然有禮和善的回應那些還劃分得很清楚的粉紅與粉藍。他相信，只要能樂觀的一直走下去，速度會模糊界線，讓女孩與男孩開始交換衣服，自由混搭任何你喜歡的、五彩繽紛的顏色。每個人都可以自由選擇代表自己的顏色和性別認同；人們彼此友好牽手，迎向一個沒人會因此受傷的環境，這樣就不再需要這間秘密廁所了。

這首詩，讓我們知道文學可以怎麼回應我們的社會生活。十九年前（二〇〇〇年四月），在台灣一所普通中學，曾經有一個玫瑰少年；玫瑰，形容他美麗特別。和班上女孩們處得較好的他因此被男同學欺負；只有上課時無人的廁所讓他感到安全，不會被無知的同學脫褲「驗身」。但總趕在下課前上廁所的他，卻因為急於躲避霸凌的同學而不慎滑倒，後腦碰一聲著地，這個飽受同儕騷擾的少年，就再也沒回來。

〈秘密廁所〉這首詩，就是獻給那些被偏見和歧視傷害的人，告訴他們「不一樣，又怎樣」，每個人都獨一無二；我們都可以擁有自己想要的身體和最美的樣貌，這不是錯，也不該有罪。我們應努力讓周圍變成讓大家能自由作自己的環境，獨特不是奇怪，當然無需向別人道歉。

你得曉得，不一樣，才是你最有價值的地方。

我們都是這星球上獨一無二的玫瑰

——〈夏色〉評析

文／廖宏杰

廖宏杰〈夏色〉節錄

晚上九點半，晚自習時間結束。夏天還沒到，空氣潮濕悶熱的像待在溫室裡一樣。幾個同學已經在收拾書包，我還在教室裡，計算著今天考試答錯的數學習題，不情願地拖到最後，還是得面對。

「等一下去吃宵夜？」志威早就準備好，迫不及待地要離開教室。

「等我這題搞清楚……」還沒開始動筆，志威就把考卷搶了過去。「哈！這題這麼簡單，怎麼不早問我？讓我來。」他公式代一代，三兩下就解了出來。幫我把考卷跟書塞到書包裡，還替我揹著。

「走啦！我快餓扁囉！」真的拿他沒辦法，想把書包搶過來，他不還給我，逕自跑到停放腳踏車的地方去。

載著他，夜晚的涼風吹拂著，教室裡喘不過氣的感覺在此刻完全紓解，夜來香從圍牆那兒飄來，一整天就屬現在最輕鬆。志威總喜歡讓我載，站在腳踏車後面，他的一雙大手放在我肩膀上，不時捏一捏、揉一揉，說是幫我「馬殺雞」，有時癢得我笑都騎不穩。晚自習結束後，我們習慣一起去吃宵夜，時間若還早，偶爾會跑到電動玩具店打一兩局，之後我再載他回家。

「謝謝你囉！明天不要遲到。」

「你不要記我不就好了。」

「身為班長我怎能不善盡職責？好啦！你不要太誇張就OK，趕在老師進來以前進教室，我就不記你。」志威擺出一副自以為是模樣，讓我好氣又好笑。當班長的他，常會通融我這個遲到大王，有時甚至會打電話叫我起床。我坐在最後一排，他的位置就在我前面。每天早上要收聯絡簿時，我還沒到，他就把前面的先收好，放在我位子上。通常我都是到學校以後，才寫昨天聯絡簿上的日記，再一起交給老師。

「你看，你每次都是最後一個。」

「你應該習慣了吧！？呵呵……」

「你日記要寫什麼？」

「就寫你昨天晚自習完之後跑去打電動，還輸給隔壁班那個流氓啊！」

「你敢……」志威轉過身，手從我的桌子底下伸過來，偷襲我的私處，我嚇了一跳，差點從椅子上跌下來。不甘示弱的我也以牙還牙，心中有股莫名的興奮。「摸不到！摸不到！」志威用他那雙大手護住他的下體，表情有些欠揍，後來老師進來，我們趕緊坐好，結束了這場國中男生最愛玩的幼稚遊戲。

（……）

志威裸著上半身，跟班上其他同學在操場上打球。我坐在籃球場旁的樹蔭底下，等著體育課快點結束。體育課是我最不喜歡的課之一，僅次於數學。國二以前體育老師至少還會教一些東西，到了國三老師就放任學生自己打籃球去了。不會打籃球的我總是不曉得要做什麼，之前志威會拉我下場跟他一隊，可我一直進不了狀況，頻頻失分；後來隊友都不傳球給我，我也厭惡當花瓶，所以就懶得下場玩了。

一向不太能理解為什麼他們會鍾情於這樣的運動，在烈陽底下揮汗如雨，感覺就不是很舒服，投球進籃網的樂趣我也很難體會，志威倒是樂此不疲。我看他每節下課都會往籃球場報到，不過只有在體育課時他才會脫掉上衣，因為女生比較少。我總是喜歡看他在籃球場上馳騁的樣子，他的手臂、他的胸膛、他的肚子、他的腿跟腳。志威體毛不多，但肚臍與下體之間已有一些黑黑的細毛連成一線，尤其在流過汗之後更加明顯。回到教室，我從後面可以聞到他汗水的味道，那時常讓我臉紅心跳，上課不太能專心。從他頭髮上滴落的汗水，我都想拿個瓶子收集起來，彌封，永遠保留那樣的氣味。

「你很遜耶！不會打籃球，我都不能參你一隊。」志威說。

「我會別的運動就行啦！」說來也奇怪，我最討厭體育課，可是體育成績卻是班上最高的，因為我很會跑步。參加學校的運動會，個人賽跑項目一向都是拿冠軍，還代表學校參加市運賽，同樣也獲得不錯的名次。運動會上我最不喜歡接力，因為那些人只會拖垮跑步的成績，只要個人單項我一定拿金牌，討厭要團體合作的競賽。也許是這樣，所以不打籃球也不會被看輕吧！我這樣想著。

班上也有一個跟我一樣不打籃球的男同學，叫阿淳。他是我們全班四十五個男生裡最矮的，或者說，是最瘦小的。他講話聲音細細的，像女孩子一樣，常被同學們取笑。不曉得是不是因為如此，總是顯得特別安靜。他老是會用一些很可愛的東西，例如粉紅色的鉛筆盒、有可愛圖案的橡皮擦、上面有小碎花樣的筆記本等東西。班上男生很愛捉弄他，把他的東西亂丟，作業本放在垃圾筒要他去找，還會在他的筆記本上寫壞話亂塗鴉，像是把他的「阿淳」寫成「阿純」或「陰唇」，甚至畫一個裸女寫上「娘娘腔」。

這些他都不吭聲，我也不明白為何他不去跟老師講，大家都在準備聯考，很少有人會管閒事。國三時正值掃蕩能力分班風氣的時代，可是我們學校還是有變通的辦法：成績好的學生，在上某些主科如國、英、數、理化時，會換教室到別班上課；同樣也是前幾名的他，才比較少受到後段班的人欺負。

志威不太喜歡阿淳，他說他受不了像女生的男孩子，覺得很噁心。老實講，我覺得自己也陽剛不到哪裡去，跟阿淳似乎有一些相同的地方，可是為什麼我就不會被欺負？是因為我長得不夠矮嗎？國中170公分，這應該是很一般的高度吧；還是因為我功課好？可是阿淳功課也不賴，有時模擬考成績考得比我跟志威都還要理想；還是因為我是全校選出來模範生，所以大家都不敢欺負我？我覺得自己很娘娘腔，可是志威都說還好，是我想太多，有時他還會喜歡我這個樣子。

我一直以為會跟阿淳變成好朋友，可是沒有。我常常覺得他看我的眼神很不友善，尤其當我跟志威在一起的時候。說不上來為什麼，姑且稱作「娘娘腔的直覺」吧，我猜想我一定有什麼讓他不滿的地方，雖然意識到我們很有可能是同一個世界的人，但他的磁場一直在排擠著我，讓我想對他示好都覺得壓力重重。體育課他不下場打籃球，也不會想過來跟我聊天，天知道他一個人時腦袋都在想什麼。

一個禮拜三的下午，體育課。太陽依舊開朗地曬著，我選定了一處陰涼、視野好的地方，度過這無聊的五十分鐘。

阿淳無聲無息走了過來，問我：「你是不是喜歡志威？」

（……）

「是誰又把你的腳踏車推倒在地的？」志威幫我把腳踏車扶起來，忿忿不平地說。

自從阿淳那天問我是不是喜歡志威後，我的腳踏車就常常被推倒。我猜想是阿淳幹的，他應該喜歡志威。雖然那天他問我，我回答說沒有啊，但想必他也有「娘娘腔的直覺」，可以一眼看穿我內心的猶疑。縱然我是不是喜歡志威自己也不是太清楚，只是有他在旁邊，我就會很快樂。但，這又代表什麼呢？

阿淳的眼神像是在告訴我一個晦澀難解的秘密，但因為太過銳利，我總是無法解讀靠近。這一個眼神在一個禮拜五的下午顯得特別淒厲。

工藝教室旁有一塊小空地，後段班很多學生都會在這裡打架，要「釘孤隻」、單挑的同學也會相約在這裡一決勝負。因為這裡離訓導處很遠，隱密性高，工藝教室最上面兩層是女生班，所以當男生打架時，除了我們這些愛看好戲的男生以外，樓上的女生也喜歡探出頭來看熱鬧。工藝教室旁的小空地，成了展現男子氣概的最佳場所。

上工藝課時，阿淳惹到班上一個小兒麻痺的同學——小良。據說是因為阿淳操作機器不熟練弄得太久，害同組的小良無法在下課前完成作品，遲交被扣分。小良很不爽，對阿淳下了戰帖，約他下課後就在工藝教室旁對決。我其實很訝異阿淳會答應「釘孤隻」，還以為他會一如往常地哭一哭，然後裝作沒事，繼續過他的生活。

工藝教室旁的小空地上演過很多著名的決鬥，包括我們班跟別班流氓老大的對決、七班大肥仔跟書呆子的決鬥、六班跟八班兩個男同學為了二班一個女同學的掃把大戰……，也有過幾次成績很好的學生，因為彼此看不順眼在此對幹，可是我跟志威都沒有下場打架的經驗。而這次，大家都異常地興奮，「小兒麻痺 vs. 娘娘腔」，多棒的戲碼，連國一生聞訊，也從別的大樓跑來觀摩。

下課，操場上吵吵鬧鬧，打籃球的聲音、嘻笑怒罵的聲音、風的聲音，遠遠地傳過來。工藝教室旁卻顯得異常安靜。志威拉著我的手擠了個好位置，阿淳與小良已就定位。我們兩個站在小良後面，可以看到阿淳的臉。他看到我跟志威靠在一起，原本緊張的表情轉為冷峻，眼神如同箭矢一般穿過小良，刺入我的眼底，我可以感受他的怒氣，但為何同時又感受到他的哀怨呢？

開始了，小良因為行動不便，被先發動攻擊的阿淳打了一巴掌，可是他沒有倒地，抓著阿淳的頭髮回擊了一拳，打在左下巴，嘴角滲出血來。阿淳抹了一下，發現衣服上有血跡，大概是太驚訝自己竟然見血，呆在原地不動。「打他啊！」「扁他！」「揍死這個娘娘腔！」眾人無不起鬨，安靜的決鬥場霎時被叫喊聲劃破。

小良一跛一跛向前，一個大巴掌向阿淳揮去，右臉頰被賞了個耳光，阿淳看樣子就要哭了出來。他尖叫一聲，連續出招，並非用拳頭而是以手掌攻擊，打得小良節節敗退，之後還補上一腳，小良應聲倒地。幾個人看不下去，不忍別過頭，此時，志威用他的大手將我的雙眼摀住。

後來，小良不認輸，勉強爬起來，有點快要跌倒的樣子。阿淳又楞在那裡，兩眼無神，剛剛做了什麼也許他自己都不清楚吧！小良舉著蹣跚的步伐，上前拳頭一記，這次阿淳沒有還手，旋即又被小良呼了一巴掌；他望著我跟志威，哭了出來，然後跑掉了。

「俗仔！」「娘娘腔！」「死娘炮……」雖然身在工藝教室的空地上，但大夥起鬨的聲音離我好遠。阿淳跑得看不見人影了，有些人朝著他丟石頭，有些人追了上去。志威握著我的手腕，「走吧！」他說。我覺得自己該做些什麼，可是沒有。

那一次打架事件之後，大家都以為阿淳完蛋了，他在男生之間的地位一定會更加淒慘，打輸一個小兒麻痺，還哭著逃走，成績考得再好也扳不回任何顏面。不過，令人意外的是，什麼改變都沒有發生。欺負他的人雖然還是繼續欺負他，偶爾會把當天的事拿來取笑他以外，情況也沒有變本加厲。小良更神了，對阿淳還是像朋友一樣，好像那一天跟阿淳打架的不是他。阿淳似乎也當這件事情沒發生，一如往常被欺負就哭一哭，然後無所謂地繼續過他的日子。

我猜想那次「小兒麻痺 vs. 娘娘腔」的決鬥，並沒有建立在場任何人的男子氣概，反而召喚了某些人內心的良知，在短暫的激情過後，表面上大家又恢復了以往的生活，潛意識裡卻審視著自身，不要再做太過分的事情才好。也或許是更接近聯考了，大家無力分神去管其他的事，就連後段班的學生也被管教地異常乖順起來，如

賞析

「教室中有同學哭了起來，不知怎麼地，我像是領悟了某件事情，笑了。看著窗外的陽光和白雲，伴隨著蟬鳴，夏天來了。那天真的是一個非常晴朗的天氣。」

〈夏色〉選自廖宏杰（二〇〇八）《趴場人間》。基本書坊出版。是四篇短篇小說的最末篇。故事敘述主角小杰在夜店遇到國中好友志威，憶及國三快畢業時，發生在班上的一起自殺事件。長期因陰柔氣質被霸凌的同學阿淳，因為也暗戀志威，而對同樣身為同志的小杰產生敵意。國三屆聯考，大家壓力都很大，相傳男生會於晚自習時約在頂樓廁所互打手槍。某晚志威與小杰發現阿淳也在頂樓廁所做這件事，志威像其他人一樣言語霸凌了阿淳；而同樣身為同志的小杰卻袖手旁觀，也和其他人一樣遺棄了阿淳。阿淳在教室自殺，隔日清晨被同學發現，迫使小杰與志威提前面對成長的現實與冷峻，走向各異的人生。

〈夏色〉是一部青春殘酷物語，探討了性別認同、性別氣質的議題。

關於拒娘、拒C這件事

「志威不太喜歡阿淳，他說他受不了像女生的男孩子，覺得很噁心。老實講，我覺得自己也陽剛不到哪裡去，跟阿淳似乎有一些相同的地方……」

「當男生打架時，除了我們這些愛看好戲的男生以外，樓上的女生也喜歡探出頭來看熱鬧。工藝教室旁的小空地，成了展現男子氣概的最佳場所。」

在故事中，我們看到了小杰與阿淳自然地顯露出陰柔氣質，但在男同志圈的現實裡，我們看到的大部分是陽剛的展演，尤其成年後更加明顯。社會環境的壓迫下，許多男同志會壓抑自己的陰柔氣質；有些男同志會刻意凸顯對於陽剛特質的認同，例如外在形象，甚至伴侶的選擇，與陰柔特質的男同志劃清界限。不難理解為何男同志自我描述的條件中常常出現「我不娘、不C」（C為英文 sissy 一詞的簡寫，意指女性化）來作為自我定義；同時「拒娘、拒C」，以便讓自己跟社會中受歧視的娘娘腔形象切割，並於社群內再進行壓迫。

娘娘腔所受到的壓迫，來自於陽剛特質對於陰柔特質的憎恨，以及異性戀霸權對於同性戀的仇恨。在二元性別結構下，異性戀霸權與同性戀群體內化恐同，使得對於陽剛特質的服從和崇拜，反倒成為同性戀群體的一種普遍現象。

有趣的是，現代同性戀的身份角色認同最早是出現在那些無法「假裝異性戀」的娘娘腔男同志身上，這些活躍而反叛的男同志選擇刻意炫耀自身的陰柔特質，形成一種「反向自我肯定」——通過強化自己身上被汙名化的標籤，以積極的姿態去肯定自我的身份，如今他們卻變成被拒絕的一群。

娘就不對嗎？陽剛就比較好嗎？我們是不是也曾隱藏自我真實的面貌，在不經意的情況下歧視與霸凌他人？而我們要如何才能真正地做自己？

玫瑰少年綻放美麗

「班上也有一個跟我一樣不打籃球的男同學，叫阿淳。他是我們全班四十五個男生裡最矮的，或者說，是最瘦小的。他講話聲音細細的，像女孩子一樣，常被同學們取笑。」

每個人的生命中，或許都會遇到一兩個被笑「娘」的男同學，而這些不符合社會所期盼性別特質的同學，有的卻無法平安長大……二〇〇〇年，年僅十四歲的國中生葉永鋕，因個性陰柔被同學嘲笑「娘娘腔」，只敢在無人時段上廁所，意外倒臥血泊離世。此事件引起臺灣社會對於性別教育的重視。

二〇〇四年《性別平等教育法》公布施行，內涵為尊重與認識不同的性別、性傾向、性別特質、性別認同，阻止歧視及霸凌在校園蔓延，不讓傷痛與悲劇繼續發生。施行至今，也讓更多玫瑰少年為自己的樣貌感到驕傲。

但這幾年來，保守反同團體頻頻攻擊性平教育，利用大眾對於「同志教育」一詞的不夠瞭解，製造大量不實謠言，而這些謠言和傷害至今仍在蔓延。雖然教育部一再說明國中小的教學內容是「認識及尊重同志之教育」，而非部份民眾擔憂的「同志養成教育」，但不少民眾仍因反同團體的曲解宣傳而被誤導。

為了讓每一個孩子都能平安自在地長大、活出自我，不再侷限於性別框架與刻板印象中，落實性別平等教育格外重要，讓學生、家長、教師、性平團體與社會進行更多理性對話，以愛取代排斥和傷害，以尊重取代謠言及傳聞，讓性別平等教育能往前邁進。讓每個人都能尊重、理解他人，並綻放自己最真實的色彩。

看見真實的彼此
——讀〈熊野告白〉

文／盛浩偉

唐墨〈熊野告白〉

在雨聲中驚醒，我搖了搖睡在旁邊的你。你磨了幾下牙齒，轉過身去。此時，那扇可以左右拉闔的大玻璃窗，映出了你的睡臉；窗戶上沒有雨滴，我以為這不是雨，應是場夢。推開窗，砸破幻夢的雨聲迎頭捲著山風而下，這樣真切的夜雨，卻沒有半點水露侵來，促使我探頭翹望。

原是寺院的屋簷飛得老高，遮去了這場夜中的山間驟雨。

「這樣明天怎麼辦？」我像說給你聽，又不像，像說給老天。

「什麼？」不知是夢囈還是答了我的話。

「沒有。睡覺吧。」我趕緊回你。但看你半眼未睜，應該是睡昏了。

從背包裡撈出了山路地圖和簡介單張，難以成眠的夜裡，適合替明日的旅途彩排，像小學生校外教學的前夜一樣，興奮地把每個景點走過一遍又一遍，腦內那張地圖印滿重複往返的預演足跡，似乎連名產都已吃下肚了。

幾個月前，擬定好出發的日子與天數後，便毅然決定要帶你上高野山。以往出遊多半都有親眷友朋在側，人多嘴雜說不上半點心裡話；不曾跟你一起出國，或是兩人結伴遠行過，總覺得遺憾。記得一次家族旅行，在某深山部落，你找到一處不被打擾的樹林，鄰著溪畔，四周無燈無火。不記得是誰開始的，竟聊起了你的進路，我的出頭，直到看不見對方的身形面目，剩下星光點點在天空閃爍著貌似璀璨的未來。那時候才知道，原來我們一直互相牽引、影響著對方，以至於思維模式愈來愈神似。但又如兩顆重力不同的星體，隔著一道無法超越的距離，不斷拉扯對方旋轉，相看不厭，周而復始地轉下去。

天漸漸地亮了，也晴了，我搖醒你。喂，六點了。

「再等一下啦。」

等不及，我有太多話想對你說。

提供住宿的光臺院宿坊，早上六點，敲響梵鐘；六點半早飯未供，便呼喚所有房客往正殿集合，住持帶領眾人一同餓著肚皮做早課，並開示解說高野山與真言宗的殊勝奧妙。

幾近無神論的你，相信諸神黃昏過去，世上再無神明。巨靈生而不有，為而不恃，盤古的脂肪化作棉被捆裹著想睡的你。早課幾乎要了你的命。寧可自食其力而死，你總不願做一個等待果陀的癡漢。但也是這樣的你，居然在住持的引介之下，你合掌了——向著平時不對外開放的御室祕佛本尊，文化的莊嚴肅穆，一千兩百年傳承不斷的信念打動了你。你興味盎然地請我翻譯日本僧人的開示，以及御室光臺院與高野山的歷史。

一塊狹長的山中臺地，被象徵蓮瓣的八座主峰環繞，間間錯錯至少五十間寺院駐此，寺齡都在百歲以上。整片山頭住滿僧人，以及提供一切飲食衣服臥具醫藥，生活必需的店家商號。這裡是日本真言宗的道場，而真言宗其實源於唐代密宗，法法相傳；承接唐宋正朔，不管海峽左岸或右岸都早已失去這條法脈，如今卻有一輪大日，掛在高野的蓮峰上，遍照無餘，法音無盡。

走出光臺院，經文勾纏在繚繞的香煙餘塵上，周遍全身。

「怎麼樣？有洗滌身心的感覺了嗎？」

你沒有答話，只是靜靜地望著遠方山色翠碧。

隨著香客的洪潮，參拜金剛峯寺、根本大塔等重要景點後，買了飯糰，裝些飲用水，轉往金剛三昧院；從該院的側路，便能進入熊野古道。

高野山做為起點，旅途才正要開始，你的行李更見豐厚了起來。

熊野古道的終點有三間神社，是為熊野三山，位在高野山東南邊約莫七十餘公里；一千兩百年前，仰慕兩個信仰端點的信眾，徒步往返參拜，走成了今日所見的熊野古道；古道被稱做螞蟻的參詣道，可以想見沿途人蹤不絕，綿延數里的盛況。熊野古道有小中大三邊路線，從高野山出發的這一段，是千百年來神佛溝通有無的小邊路。你饒有情致地聽著。熊野高野，還有一個吉野，這紀伊靈場的傳說，無消世界教科文組織的遺產登錄，便足以撼動人心。

小邊路最短，但也最險，選擇這條路線，即是考慮到你的興趣。大學時代，你離家在外求學，還加入了登山社，用自己打工的零餘買齊裝備，瞞著家裡，攀過南湖大山、北大武山等百岳，和一票學長成為山的信徒。從前很擔心你對凡事都沒有興趣，又學畫畫又彈吉他，拉二胡練柔道，希望幫助你探索自我；事實證明，那些都是白費力氣。你自己知道你要什麼就好，旁人豈說得上嘴呢？

我也如是，我慕於佛道，追求心靈的高峰，甚至因為短期出家而差點鬧成家庭革命。可是誰知道？或許也只有你曉得吧，那都是我沉淪慾海後的回首頓悟，痛徹前非。我不管別人怎麼想我看我，我只忠於自己的心靈。你愛上了自然山林的原始氣息，不可侵犯的山巔巨巖，乃成為你的信仰你的神。

山是信仰的源頭。奧林帕斯或崑崙須彌，山頂是最靠近神的尖端，人們朝山而去的那種奮勇，感動了不怎麼相信神靈但卻對諸神精靈保有崇敬的你。

一人揹著一個過重的後背包，走在林相單純，多是杉木同並的古道上。迎接我們的第一個難所，是夾在一整排高聳杉木中的險坡轆轤峠，坡上滿地松果，被昨夜一陣驟雨打落。傳說仙人以此為食，辟穀飛升。

你踩了踩地上松果，有人工鋪設的柏油段，也有由腐葉黃土蓋覆的原始泥路，似曾相識的幽徑，你又提起了另一次的入山。

那次，在一個半似荒郊、半似人境，和你，和一群朋友約在一處不知名的深幽溪畔烤肉。天放大晴，誘得人脫去身上衣物，跳到清淺的溪水中嬉戲。那時候的你僅有一百二十多公分高，未熟的國一大小，毛髭未齊，你說你還記得，溪水淹起來不過到你的胸前。在溪的最深處不知抓捕什麼魚蝦，許是腳底下的青苔滑擦，追在苦花身後一個撲空，你往前跌，卻沒了頂。

我趕緊跳到水裡，游向你的方向。我當時心裡頭只有一個念頭：我還有那麼多的話沒跟你說呢！你也是，不是嗎？

是因為現場只有我會游泳嗎？還是因為那個人是你？溺斃事件往往發生在水象不明的溪畔湖潭，發生在會游泳的人身上，可是當下，任何聽過的警告與宣導都是無用的，一心只有跳水去救你。當我抓住你的手，你也猛然反抓回來，我知道還有希望，你還好好的。

湍急的溪流，要沖散我倆，彷彿將二頭肌都拉出爆青筋的力道，一手滑水，一手扯著你游回岸邊。雙腳死命地踢，那不能稱作游泳，而是一種掙扎。

所以你從此只愛登山，不樂水乎？

倒是說說話？從光臺院出來之後，你就悶悶的了。

該不會勘破一切想出家了吧？別鬧我，什麼都可以學我，就這個不行。

「你說的喔，什麼都可以學你？」

當然，兩個都出家了，誰照顧母親呢？其他都好，出家不行。

你點點頭，沒答幾句像樣的話。

為了能跟上你的體能，沒有登山經驗的我，連著一個月都在仙跡岩爬樓梯；可是當背後有了負重時，所有的腿力訓練卻成了笑話。你說我的肩膀太窄了，揹包撐不起來，這樣走起山路會很累，就算腿力再好，負重的支撐點不對，爬山就變成苦差事了。爬坡的時候你接過我的揹包，一前一後扛起了兩人份的行李；看著你健步如飛，再看看自己的左右兩肩，的確離視線好近好近。慚愧地追上你的腳步，曾幾何時，你不再只是穿我穿過的衣服，玩我玩過的玩具，讀我讀過的學校，踩我踩過的腳印？

一個眨眼，愛哭愛跟路的你已經走在我前面了。

快看，這裡好開闊。你站在前頭一個岬角大喊，彷彿剛才憋住的話都將要潰堤喧奪而出了。兩手空空的我卻是氣喘吁吁地自嘆，跟不上你了。

眺望群山的轤轆峠，左手邊沒有岩壁，右手邊也無山牆，兩排整齊的杉木，柵欄一般梳著遠方的山影和雲蹤。放眼幾乎沒有涯盡，只與天同際。山腳下有幾間民舍，一條深藍色的溪流和一道深灰色的公路互相交叉，貫穿古道之間。站到了稜線上，但見這千年古道保有原始林相，卻又能嗅得上不少人味。

前後被兩個人的背包夾著，像隻憨慢的陸龜，你卻比早課的時候更雀躍。也比半身泡在水裡追捕溪魚的時候更沉穩了。但為什麼我一直都沒發現呢？甚至不曉得你是從什麼時候，蛻變為一個肩膀寬厚、手臂粗壯、兩腿發達的男人了？

遲疑間，一陣悶雷從我們後方襲來。那聲悶雷很近，而且連打了六七響，我還沒意會過來，正要轉身的時候，你阻止了我。噓！不要動。你小聲地說。五月襖熱的天氣我卻像被冰住一樣，又聽見那聲聲呼嚕呼嚕的雷響又傳來。

是熊。你用氣音說。快步走，不可以跑，小聲一點。

行前就已經知道，小邊路因為原始生態保存良好，不僅是熊，還有野豬、腹蛇、野狗等各種有攻擊性的動物。但我心存僥倖，並未準備任何防範的措施。你也認為不至於這麼好運，在一千多海拔的山區就碰上這些山神的使者。

料想那幾聲咆哮應該是在宣示勢力範圍的警告，大概快步走了幾百公尺後，已經沒有聽到任何熊的聲音了，我們才敢停下腳步來。小邊路才走了七分之一，但我們都想得到，還停留在有人跡的地方就已經碰上熊了，遑論後面山路愈走愈深的時候，難保不會誤闖熊窩。

眼下卻也不能退回高野山，沒有岔路的小邊路前段，就這樣原路走回去，可能真的就要跟熊搏鬥了。

你正尋思從山林中脫身的辦法，運用你豐足的知識與經驗，應該可以想得出一則良策。可是我卻沒有和你同在一個緊張感內，剛才如果一個閃神，無常萬事休矣，本來想問的想說的，都沒機會了。我害怕的竟然是話沒問出口。

我以為，帶你出國散心，把話說開的機會來了。

「你也是，對不對？」

聞言，你一臉驚恐，你還在想要如何平安下山，甚至你的精神還停留在遇到猛獸的慌亂中，我卻粗魯地趁虛而入，只想確定我要確定的事情。

登山的記憶都被代換成一段段我與父親爭吵、甩門、甚至離家的畫面。我看得出來，那些畫面果然深埋在你心中，成為你的陰影了。你怎麼敢承認呢？在你看到我帶男友回家，被父親發現的那個當下，你還敢承認什麼呢？

不僅是衣服鞋子玩具，就連櫃子也是躲我用過的。早你一步走出櫃子，是做兄長的福利，可是那也意味著你必須藏著這個祕密，直到某天父母親長都一一離去後，你才好對我說出這樁心事。

一門忠烈這種玩笑話，在你背上顯得特別沉重。

你甚至連點頭搖頭的力氣與膽量都失去了，兩眼看著我，好遠又好近，你的焦距縮短拉長，無力到胸前的背包差點滑落。我一個箭步上去接住了背包，想要說個笑話打破你的尷尬。

「熊耶，不是你的菜嗎？」為了不讓你那麼拘謹嚴肅，我似乎說了個不是很好笑的笑話。熊是圈內的一種身分標誌，那些肌肉過度發達甚至是有點肥滿豐腴的多毛男子，都可以被稱之為熊。其他還有身型健壯精實的狼、體態神情妖媚的狐、瘦過頭的猴、以及胖壞的豬。我當然知道你看過我的硬碟，所以也反過來開了你的電腦，這才發現原來你愛的就是這種粗勇型。不消說，後來幾任男友，也都是這種菜。

「屁哩！」笑著笑著，你就哭出來了。你我都從未感到如此輕鬆，後來怎麼順利下山的，其實都不那麼重要了。因為我們已經到過山頂，一起見過風景。

賞析

我們都知道誠實是美德。可是捫心自問，我們也一定或多或少都有過「說謊」的經驗。比如，生日的時候收到了自己並不想要的禮物，卻難以向送禮的人說出實話，還是只能勉強地假裝開心，說聲謝謝；或者，朋友精心換了個新造型，你心裡覺得不太適合他，但卻不好吐露真實心聲；又或者，全班表決校慶的活動，有幾個意見領袖的想法聽起來很受歡迎，但你知道這些想法實踐起來會有落差，卻礙於大多數人的同意而選擇沈默。這一類的「謊」，大多並非出自惡意，甚至常常是基於善意的，只是因為擔心害怕後果、因為想要讓自己或別人遠離可能的傷害，才不得不這樣選擇。

是的，誠實是美德，但是告白很困難，因為實話有時候需要付出代價。這裡的「告白」是廣義的，意思比較接近於「表白」和「坦白」，雖然其實狹義的、愛情方面吐露真心的「告白」也是類似的情境，所以也才會有像是愚人節那種真戲假做的告白，即使被拒絕，還能躲進玩笑謊言的庇護裡。然而話說回來，這種善意的謊言也並不是零成本、毫無缺點；它的代價是，我們必須放棄心中最直接、最實在的感覺、情感與想法，必須用一種不是那麼舒適的方式隱藏著、忍耐著，而這種善意的謊言持續多久，我們就必須隱藏多久、忍耐多久。

一旦我們不想要再隱藏、再忍耐，即便原先選擇了善意的謊言，也可能在後來終於選擇了告白。

〈熊野告白〉就是一篇描寫這個主題的散文。用個更準確一點的說法，它在寫的是和家人「出櫃」這件事。「出櫃（coming out）」這個詞來自英文，它原先的是從俚語「櫥櫃裡的骷髏（Skeleton in the closet）」演變而來，這個俚語的意思是「家醜」，而從這個俚語衍生出了「the closet」一詞，意指無法對人說出口、不能張揚的事，後來則是指沒有公開自己是同性戀的人，而相反地，公開自己是同性戀，就稱為「出櫃」。

有些同性戀不願意「出櫃」，其實就是選擇了善意的謊言，這和每個人都會經歷過的、不得不說謊的情境其實很類似。因為大環境對同性戀並不一定友善，即使現在社會已經逐漸開放和多元，但是承認自己是同性戀，依舊可能必須要承受異樣的眼光，甚至要面對歧視和霸凌；因此，許多同性戀都會下意識地先選擇「躲進櫃子裡」。更複雜一點的情況是，因為同性戀在社會上並非多數、不是主流，所以社會上大多數人在認識一個人的時候，也並不會先「預設」這個人可能是同性戀；然而，如果認識久了、已經建立起固定的相處模式之後，才發現對方「原來」是同性戀，就很可能導致關係的改變、破裂，尤其是對認識很久的朋友或是家人來說，更可能如此。

在〈熊野告白〉裡，「我」和曾經加入登山社的弟弟，兩個人一同前往日本的熊野古道，進行參拜佛寺的旅程，並在途中不時憶起過往成長的點點滴滴，最驚險的，是某次弟弟差點溺水、「我」奮不顧身跳下水救生的回憶。回憶與現實交織，最後，兩人在旅途中竟碰上野熊，一起面臨了千鈞一髮的生死關頭。逃過一劫之後，文中寫到：「剛才如果一個閃神，無常萬事休矣，本來想問的想說的，都沒機會了。」也正因為這份體悟，成了「我」向弟弟出櫃告白的動機——而且，這不只是「我」向弟弟表露自己是同性戀，同時，也是表達「我」知道弟弟其實也是同性戀。

這件事情之所以難以啟齒，除了「出櫃」本身就不容易之外，另一個更難解的情境是，對觀念比較傳統的父母來說，一個小孩是同性戀，就已經很令人衝擊，更和況兩個小孩都是同性戀。此外，父系社會的觀念往往賦予男性傳宗接代的責任，如果兄弟兩人都是同性戀，而身為哥哥的「我」又先出了櫃，則弟弟要出櫃，又將面臨更多顧忌與更多可能會發生的爭吵，困難重重。然而，兄弟血親之間，假如一輩子不能以真面目和彼此相處、不能坦露自我，只能明明知道卻又假裝不知道，像是「房間裡的大象（Elephant in the room）」，那卻也是非常悲哀的憾事。於是，「我」在最後才終於選擇了「告白」，把話說開，看見真實的彼此。

無獨有偶，在日本文學裡，也有一部關於「出櫃」的名著，三島由紀夫《假面的告白》。光從標題，我們就可以想像，告白有多麼困難，即使告白了、對眾人吐露真實內在，卻還是得要戴上假面具，害怕被認出來、害怕告白之後的代價。然而，換個角度想，即使戴上假面、不能百分之百坦承，卻也還是要選擇這麼做；由此可見，告白、對世界表現出內在真實的自我，即使很困難，卻也還是多麼重要的事。

論證歧視言論會強化不公平的刻板印象
——〈歧視言論與刻板印象〉評析

文／朱家安

朱家安〈歧視言論與刻板印象〉

社會上，強調「政治正確」的那些人有時候會提到一種叫做「歧視言論」的東西。簡單說，有些言論是歧視言論，這些歧視言論在道德上很糟糕，某種意義上比罵人的言論還糟糕。如果你要這些人舉例，哪些東西算是歧視言論，他們可能會舉這些例子：

- 女生數學比較差。
- 原住民都愛喝酒。
- 同性戀很淫亂。

我過去一直無法理解這種「歧視言論」的概念。這樣說好了。如果你數學很差，說你數學差似乎並不是歧視言論，而且還可能是一個中肯的評論。但是，一旦你屬於某個平均來說數學不太好的族群，那麼，指責你數學差，似乎就會變成歧視言論。我們可以說一個人數學差，但不能說一群人數學差，這到底是為什麼？

問題在於以偏概全嗎？

可能有個疑慮是說，不太可能有一群人真的每個都數學差，因此，一次說一群人數學差是以偏概全。然而，如果「女生數學比較差」之所以糟糕，是因為以偏概全，那麼「男生數學比較差」更以偏概全，應該更糟糕才對。不過我們似乎不會覺得「男生數學比較差」是歧視言論，就如同我們好像比較不會認為下面這些更以偏概全的言論是歧視言論：

- 原住民都很胖。
- 同性戀都愛生氣。

歧視言論是糟糕的言論，如果這不是因為它以偏概全，那到底是因為什麼？

刻板印象

讓我們比較一下「原住民愛喝酒」、「原住民都很胖」這兩個說法。除了前者直覺上是歧視言論，後者不是之外，它們之間好像還有另外一個差異：在現在的台灣社會，「原住民愛喝酒」比「原住民都很胖」更容易讓人相信。事實上，「愛喝酒」根本是社會上一定數量的人對原住民的印象之一。而如果你要宣稱「原住民都很胖」，可能得要多提供一些說明，不然別人恐怕不容易理解你這天外飛來一筆是在講些什麼。

「原住民愛喝酒」是歧視言論，「原住民都很胖」不是。「原住民愛喝酒」跟既存刻板印象吻合，「原住民都很胖」則沒有。我相信這不是巧合，因為相關刻板印象的存在剛好可以說明，為什麼公然宣稱「原住民愛喝酒」是一件在道德上糟糕的事情：

1. 「原住民愛喝酒」的宣稱，會強化既存的刻板印象。
2. 那些刻板印象會讓原住民族群在社會上過得更差，減少他們某些求職和社會互動的機會。
3. 這種機會的減少不見得公平，因為首先，並不是所有原住民都愛喝酒；再來，即便原住民平均而言比漢人更愛喝酒，這也很有可能跟原住民在近代台灣史上不公平的處境有關。

以照上述分析，「原住民愛喝酒」是歧視言論，因為它會助長對原住民不公平的刻板印象，讓社會上的其他人更不容易恰當對待原住民族群。

然而，歧視言論和刻板印象帶來的壞處並不僅僅如此，它們不但會影響別人如何對待你，也會影響你的能力和反應。

刻板印象威脅

十幾年來，心理學家逐漸發現刻板印象會有某種自我預言的效果。簡單地說，當一個族群知道自己背負某種刻板印象，他們在一些情況下，真的會做出相應於刻板印象的表現。

美國社會心理學家史提爾（Claude Steele）在他的著作《韋

瓦第效應》裡提到了一些令人印象深刻的例子：

- 當黑人在智力測驗之前被提醒自己是黑人，他的表現會變差。
- 當女性在高難度的數學測驗之前被提醒自己的性別，她的表現會變差。
- 當白人在運動測驗之前被提醒自己是白人（而非黑人），他的表現會變差。

在美國，黑人被認為智力不如白人，女性被認為數學能力不如男性，白人被認為運動能力不如黑人。這些刻板印象並不只是統計上的事實，而是會實際在心理上對背負刻板印象的人帶來壓力，進而使得自己成真。

史提爾整理的研究成果，讓我們有理由反省那些既存的刻板印象，懷疑它們之所以和事實吻合，是是因為事實本來就是如此，還是因為某些族群背負上述「刻板印象威脅」（stereotype threat）的心理壓力，無法展現實力，進而剛好使得刻板印象成為自我實現的預言。

事實不見得無辜

若你因為自己所屬的族群，而背負了刻板印象，這些刻板印象不但會影響別人如何對待你，也會影響你能如何表現自己。如果關於數學能力的刻板印象不但降低了女性爭取某些職位的機會，也降低了女性的相關表現，這樣的刻板印象，可以說是侵蝕了女性在社

賞析

〈歧視言論與刻板印象〉試圖討論這兩者之間的關聯，更明確地說，它試圖論證：歧視言論的特色之一，是會強化不公平的刻板印象，讓特定族群過得更糟。這篇文章使用特定論證來達成任務，此外也安排了其他東西，來彰顯論證和結論的重要程度。以下我依序說明這些設計。

論證

我想證明歧視言論有特定內容。這不容易，因為這個證明關乎概念理解：關於像你和我這樣的人如何理解「歧視言論」這個詞。

你可以想像，對於特定概念，每個人的理解不見得一樣。有些人認為「尊師重道」代表學生不能質疑老師，有些人的理解則完全相反。大家對同一概念可能有不同想法，要討論概念的核心意涵，我們常常需要旁敲側擊。

在〈歧視言論與刻板印象〉裡，我利用案例比較來讓論證容易成功，簡單說，我找了一句大家通常會認為是歧視言論的話，再找一句和它很像，但大家通常不會認為是歧視言論的話，然後我開始猜測，這兩句話之間到底有什麼重要差異，讓前者算是歧視言論但後者不算：

1. 原住民都愛喝酒。

2.原住民都很胖。

這兩句話的相似處，在於它們在主流社會價值觀底下都不是什麼好話，飲酒和肥胖都在台灣社會被污名化。然而多數人應該會傾向於認為（1）比（2）看起來更像歧視言論。這代表在我們心裡，「歧視言論」這概念的一些相關規則，排除了後者但沒有排除前者。

什麼規則呢？接下來就是猜猜看的時間了。沒錯，哲學就跟科學一樣，有時候需要先猜幾個假說出來，再做實驗測試。我猜的假說是：

歧視言論會強化對特定族群不利的刻板印象。（1）強化了既定刻板印象，但（2）沒有，所以我們相對之下不認為（2）是歧視言論。

對照上下文，你可以看出這個假說的優勢：

- 它顯然比先前討論的「歧視言論是以偏概全的言論」可以說明更多案例。
- 它可以說明為什麼歧視言論有道德問題。

必須承認，這論證並不是決定性的論證，在有限的篇幅，我只能指出：就目前考慮的這些案例，我的假說滿有道理的。如果我們拿上述假說去理解更多案例，有沒有可能遇到麻煩，以致於必須回頭檢查假說是否出了問題呢？當然有可能，不管是學術還是日常生活，好的假說都應該不但內容明確，該怎麼檢驗也明確。

因此，想要挑戰上述假說的人，也可以想想看：

- 歧視言論一定會「會強化對特定族群不利的刻板印象」嗎？
- 「會強化對特定族群不利的刻板印象」的言論，一定是歧視言論嗎？

其他東西：讓問題有價值

如果你一路看到這裡，實在是心腸很好。在作家的天堂，作家寫了東西別人就非得看不可，不過現實世界當然不是這樣。注意力有限，有時候光是讓人覺得議題值得一讀都不容易，更何況是要讓人覺得你的解決方案值得一讀。

要引起人的注意，在〈歧視言論與刻板印象〉這篇文章開頭，我試圖讓人注意這議題一個怪怪的地方。我們似乎沒有能力歧視單一個人，要歧視，就一定是歧視整個群體：

「這樣說好了。如果你數學很差，說你數學差似乎並不是歧視言論，而且還可能是一個中肯的評論。但是，一旦你屬於某個平均來說數學不太好的族群，那麼，指責你數學差，似乎就會變成歧視言論。我們可以說一個人數學差，但不能說一群人數學差，這到底是為什麼？」

這到底是為什麼？這就會成為讀者願意往下讀的契機（至少我是這樣想啦），因為他想知道。而若你讀到後續，雖然文章沒有明講，但多想一步也確實會得到答案：歧視言論是關於刻板印象，刻板印象總是關於群體，因此歧視言論總是關於群體。

其他東西：讓結論有價值

我的假說主張：歧視言論之所以糟糕，是因為它強化不公平的刻板印象，讓特定群體過得更糟。所以理論上，刻板印象有多糟，歧視言論就有多糟。為了提醒大家刻板印象有多糟，我在文章尾端引用心理學家的看法，他們認為有些刻板印象會「自我實現」，因此我們不能以「刻板印象符合事實」來替刻板印象辯護。

整體

以上我說明自己如何構思〈歧視言論與刻板印象〉：我描寫問題、建立主要論證，並且加入一些內容，來讓讀者理解問題和論證

附錄
選文作者、賞析撰文者介紹

◇選文作者——

《聊齋誌異・俠女》◇蒲松齡

字留仙，一字劍臣，別號柳泉居士。生於西元一六四〇年，卒於西元一七一五年。中國清代志怪小說家，著有《聊齋誌異》。

《花開時節》◇楊双子

本名楊若慈，一九八四年生，台中烏日人，雙胞胎中的姊姊。百合/歷史/大眾小說創作者，動漫畫次文化與大眾文學觀察者，台灣民俗愛好者。曾獲國藝會創作補助、文化部創作補助、教育部碩論獎助。近作為《花開少女華麗島》、《花開時節》。

〈貞女論〉◇歸有光

字熙甫，一字開甫，自號項脊生。生於西元一五〇七年，卒於西元一五七一年。文學家，明代崑山（今中國江蘇省昆山市）人。著有《震川先生集》、《文章指南》。

《服妖之鑑》◇簡莉穎

一九八四年生，彰化員林人。東華大學原住民語言與傳播系、文化大學戲劇系、台北藝術大學劇本創作研究所。自二〇〇九年至今，劇本創作及編導演作品超過三十齣，為新生代最受矚目的劇作家。二〇一一年四月號《PAR 表演藝術》雜誌「十位表演藝術新勢力」之一、二〇一二年《PAR 表演藝術》雜誌戲劇類年度風雲人物、二〇一五年國家兩廳院「藝術基地計畫」駐館藝術家。

〈秘密廁所〉◇詹佳鑫

一九九二年生，素食者，建國中學、臺大中文系、臺大臺文所畢業。曾獲臺北文學獎、新北文學獎、全國學生文學獎、臺積電青年學生文學獎、教育部文藝創作獎等。作品收入《創世紀》、《國民新詩讀本》、《臺灣詩選》等，並於《當代台灣文學英譯》兩度翻譯國外。詩集《無聲的催眠》獲第一屆「周夢蝶詩獎」，入圍二〇一八誠品職人好書大賞。

〈夏色〉◇ 廖宏杰

國立高雄師範大學性別教育所畢。曾任職商周媒體集團、《G&L 熱愛雜誌》總編輯、酷兒影展行銷總監、春一枝品牌總監、Hornet 中文總編。曾獲高雄青年文學獎、海洋文學獎、第一屆中國好劇本。電視劇《姐姐立正向前走》、《愛的生存之道》。網劇《校園瘋雲》。電影劇本改編《荒人手記》。著有《趴場人間》（原筆名：喀浪。二〇〇八，基本書坊）

〈熊野告白〉◇唐墨

本名林恕全。現職世新大學中文系兼任講師、台灣推理作家協會會員。國立台北教育大學語文與創作所碩士。

曾出版散文集《票根譚》、歷史小說《深巷春秋》、推理小說《清藏住持時代推理：當和尚買了髮髻》以及《濃度40%的自白：酒保神探1》。

二〇一六年以《如來擔》獲得全球華文文學星雲獎歷史小說亞軍。

二〇一八年出版散文集《違憲紀念日》。

〈歧視言論與刻板印象〉◇朱家安

多年來面無表情地致力於哲學教育，雖然人稱「雞蛋糕腦闆」但其實不受兒童喜愛。著有簡單易懂的哲學書《哲學哲學雞蛋糕》和《画哲學》以及同性婚姻爭論的論點分析書《護家盟不萌？》，並和小說家朱宥勳合著輕鬆上手的寫作書《作文超進化》。

◇ 賞析撰文者——

趙弘毅

桃園人，台大中文系，政大台文所碩士班。

現任蘭陽女中國文科教師。

朱宥勳

清華大學台文所碩士。曾獲林榮三文學獎、全國學生文學獎、台積電青年文學獎。已出版個人小說集《誤遞》、《堊觀》，論述散文集《學校不敢教的小說》、《只要出問題，小說都能搞定》，長篇小說《暗影》，與黃崇凱共同主編《台灣七年級小說金典》，並與朱家安合著寫作教學書《作文超進化》。於鳴人堂、蘋果日報等媒體開設專欄。

陳茻

曾任健身指導員。畢業於台大中文系，其後主要研究晚明異端思想、儒家經典詮釋等等。在體制外教室帶學生讀人文經典、探討社會問題。教育上目前最關心的事只有思考。

鄭芳婷

加州大學洛杉磯分校劇場表演博士，現為臺灣大學臺灣文學研究所助理教授。研究領域包括：台灣戲劇、表演理論、酷兒批判、島嶼論述。作品散見於Asian Theatre Journal、Third Text、《戲劇研究》、《考古人類學刊》、《女學學誌》等期刊及各藝術評論雜誌。

李筱涵

現為台大中文系博士生，曾任職《文訊》雜誌社企劃編輯。身兼文學研究和自由接案文字工作者，詩、散文與人物專訪文章散見於《聯合報》、《人間福報》、中時副刊、《幼獅文藝》、《聯合文學》、

《文訊》等文學雜誌與「鏡文學」網路平台。著有中學生古典文學讀物《廖玉蕙老師的經典文學：聽說書人講故事》。

廖宏杰

國立高雄師範大學性別教育所畢。曾任職商周媒體集團、《G&L熱愛雜誌》總編輯、酷兒影展行銷總監、春一枝品牌總監、Hornet中文總編。曾獲高雄青年文學獎、海洋文學獎、第一屆中國好劇本。電視劇《姐姐立正向前走》、《愛的生存之道》。網劇《校園瘋雲》。電影劇本改編《荒人手記》。著有《趴場人間》（原筆名：喀浪。二〇〇八，基本書坊）

盛浩偉

作家，著有《名為我之物》，合著有《華麗島軼聞：鍵》、《終戰那一天：臺灣戰爭世代的故事》、《百年降生：一九〇〇-二〇〇〇臺灣文學故事》等，並曾獲台積電青年學生文學獎、時報文學獎等。

朱家安

多年來面無表情地致力於哲學教育，雖然人稱「雞蛋糕腦闆」但其實不受兒童喜愛。著有簡單易懂的哲學書《哲學哲學雞蛋糕》和《画哲學》以及同性婚姻爭論的論點分析書《護家盟不萌？》，並和小說家朱宥勳合著輕鬆上手的寫作書《作文超進化》。

緣社會 20

性別平等議題
多元選讀本

主　　編　廖之韻
撰　　文　朱宥勳、朱家安、李筱涵、陳犇
　　　　　盛浩偉、趙弘毅、廖宏杰、鄭芳婷

美術設計　Akira Chou
執行編輯　周愛華、許書容

發行人兼總編輯　廖之韻
創意總監　劉定綱

初　　版　2019 年 5 月 29 日
I S B N　978-986-97591-1-3
定　　價　新台幣 280 元

國家圖書館出版品預行編目 (CIP) 資料

性別平等議題多元選讀本 / 廖之韻主編 . -- 初版 . -- 臺北市 : 奇異果文創 , 2019.05
208 面 ; 10×14.8 公分 . -- (緣社會 ; 20)
ISBN 978-986-97591-1-3(平裝)

820.7 108005858

法律顧問 林傳哲律師 / 昱昌律師事務所

出　　版 奇異果文創事業有限公司
地　　址 台北市大安區羅斯福路三段 193 號 7 樓
電　　話 (02) 23684068
傳　　真 (02) 23685303
網　　址 https://www.facebook.com/kiwifruitstudio
電子信箱 yun2305@ms61.hinet.net

總 經 銷 紅螞蟻圖書有限公司
地　　址 台北市內湖區舊宗路二段 121 巷 19 號
電　　話 (02) 27953656
傳　　真 (02) 27954100
網　　址 http://www.e-redant.com

印　　刷 永光彩色印刷股份有限公司
地　　址 新北市中和區建三路 9 號
電　　話 (02) 22237072